收不到的情书

《寄不出的情书》刊发委员会 编

潘曼 译

2013年·北京
商务印书馆

TODOKANAKATTA LOVE LETTER 2 edited by Todokanakatta Love Letter Hakkan Iinkai
Copyright © Career Mam 2005
All rights reserved.
Original Japanese edition published by Bungeisha Co., Ltd., Tokyo.

This Simplified Chinese language edition published by arrangement with Bungeisha Co., Ltd., Tokyo in care of Tuttle-Mori Agency, Inc., Tokyo through Mystar Agency, Beijing

本书译文由台湾好读出版有限公司授权使用

涵芬楼文化 出品

目录

在梦中相见吧
给逝去的人   1

忧伤的草莓酱
曾经爱过你   55

还书日期已过
记忆中的植物图鉴   97

无法践行的约定
你现在幸福吗？   135

一把伞下的两个人
永远爱你   167

刊后语   199

给逝去的人

在梦中相见吧

碧尚子（28岁）

爷爷在战争中担任传递情报的任务，据说是死在离冲绳岛①很远的某座岛上。

听说当时奶奶哭着说道，至少也应该战死在冲绳岛，好让我有办法帮你收尸。

今天我又听今年已经九十三岁的阿松奶奶讲起这一段往事。

"尚子，你看，你爷爷这一张照片，他虽然一句甜言蜜语也不会说，可是他长得很帅不是吗？"

被慎重地装到相框中，爷爷出征前留下的一张泛黄的照片，照片背面写着"松子，××爱××。真守"。

处处斑驳的文字中，"爱"这个字鲜明地映入眼帘。

爷爷出征前那一瞬间的心意，爷爷没办法跟奶奶说出口的心意，穿越六十年的时空，在奶奶心中回响。

已经满脸皱纹、满头白发的奶奶，呼喊着老伴而哭泣。

只要一想到在战场帮别人传达讯息，却无法将自己的心意传达出来的爷爷，还有奶奶孤独度过的六十年，我总忍不住流下泪来。

---

① 冲绳岛：位于琉球群岛中央，地处日本西南，在日本和中国台湾之间，是群岛中的最大岛屿。

河本美香子（39岁）

给父亲的一封信

我一直没有发现，其实自己很爱您。

您和妈在我国中时离异，我跟弟弟后来选择跟妈妈住，因为我们不擅与您相处。

考高中的时候，您写了一封信要我去考您住的镇上的高中。

可是我却没有回信，如今想来……

听妈身边的人说您尽做一些坏事，所以我几乎认定您是一个不够格的父亲。

六年间我们只见过两次面。有一次心里百般不愿意，但还是到您住的地方去，您做菜给我吃，因为您被菜刀割到手，我拿了三片上面有卡通图案的OK绷①给您用。不过这些回忆我早就忘了。

当别人通知我您死了，我赶到您家去，当我看到当年我拿OK绷给您用的照片挂在墙上，我不由自主地流下泪来。照片上已经黑掉的OK绷，看起来让人觉得很哀伤，让我感受到您爱我至深的心意。

虽然已经无法跟您表达什么，可是我真的很喜欢您。

---

① OK绷：创可贴。

因为当人家问我理想的结婚对象是什么样子,我总是会第一个想到您。

没办法为您做一件女儿该做的事,真的很抱歉。

福（28岁）

四目交会的时候，"不要看啦，傻瓜"，
我总是会那么说，其实那是违心之论。
碰到你的手的时候，"你的手怎么那么粗"，
我总是会那么说，那也是违心之论。
和你并肩走在一起的时候，
"不要跟我走在一起，人家会以为我们是同类"，
我总是会那么说，这也是违心之论。
我总是爱说反话，
我是一个满口胡言的男人，
其实心脏扑通扑通扑通扑通跳个不停，
却一直骗自己说是傻瓜傻瓜傻瓜傻瓜。
眼睛总是不由自主地盯着你看，
你的手柔软到让我忍不住想怎么会有这么柔软的手。
跟你走在一起的时候，
很希望有人帮我们拍张照片留存，
可是却总是心口不一。
真的很抱歉，
九州男人这一点最糟糕。
等到你离我而去，才发现这一切，
为时已晚。

井口真（37岁）

因为没有看过，所以觉得很可爱，
任谁都没有料想到你会这么早来到人世，
我的大女儿是一个出生时体重只有五百克的超迷你早产宝宝。

医生还这样问爸爸跟妈妈，
"就算救活了，也一定会留下一些严重的后遗症，
这样你们还要救她吗？"
我在回家的路上，决定帮你取名字叫作"惠"，
因为我觉得你的诞生一定是老天爷赐给我的恩惠。

你是这样来到人世间的，只可惜你太小了，
你通透湿润的肌肤，排列着五个只有抓虫子的钳子那般小的指头，
我当真想要用自己的命去换你的命。

无法消化牛奶的你，
出生两个礼拜后便死了。

当你快咽下最后一口气的时候，
爸爸跟妈妈抱起可以单手托在手中的你，
为你唱儿歌，还亲吻了你。

现在爸爸把尽全力想传达给你知道的东西，
化为文字写下这一封信，
"欢迎你降临人世，这个世间是一个好地方，
有悲伤，也有痛苦，
有快乐，也有开心，然后还有很多值得让人珍惜的事，
以后让我们一个一个去体会吧！"

爸爸其实很想很想，
跟你多相处一些时候。

没用的长男（25岁）

真的让我始料未及，
您竟然会在我大学联考的那一天早上过世。
当然，我落榜了，
动不动就惹您生气的我，
好不容易有机会可以让老爸露脸，
没能趁机骂骂我这个落榜的儿子，您真是亏大了。
我是家中唯一的男孩子，
所以老爸以前做的事，我全部都要代替您来做。
因为想有人陪您喝酒，您有时会找我，
但等到我渐渐能喝了，您又禁止我喝。
我已经没办法为您做些什么。
在我的记忆中，老爸几乎都是在骂我，
即便到现在我也还常梦到您骂我，
我也很生气，您知道吗？
老爸您突然化为云烟，最后有一句话我一定要跟您说，
我一定会做一个能让您引以为傲的孩子，
您在天之灵等着瞧吧！
还有，谢谢您。

梦十夜（37岁）

我的印象中，你总是把手插在口袋站在一旁微笑。

对我而言，你是一个我有不懂的地方，就会很仔细教我，既体贴又可靠，接近完美主义者的学长。

"我怎么老觉得你的手好大，我们比比看"，内心扑通扑通跳个不停的我，这样跟你说道，你竟然愿意让自己的手掌对着我的手掌比。就算结果天差地别到令人喷饭，你也没把手拿开。

毕业后我也找理由打电话给你，或是在你住的镇上闲晃，写一些不敢寄给你的信，又舍不得丢掉，便把那些信跟朋友们寄给我的信件绑在一起。

当时如果我能鼓起勇气跟你表白该有多好，在你还没有离开之前，在我还可以听你说话的时候，就应该跟你说。

你过世都已经七年了，记忆中你的笑脸已经模糊，但对你的思念却越来越重。

你还在我的身边吗？其实大家都已经知道了吧？你静静坐在我身边微笑了吗？

春天来临后，再让我到你住的镇上去吧。

带着和你最相称的白色大百合，在你长眠的山丘上，唱歌给你听，希望歌声穿透土地，传进你的耳中。

梨沙（17岁）

Dear you

你好吗?

你写给我的信我看了又看，如今我还会忆起你的影像，然后独自放低声音啜泣。

你最后用微弱的声音跟我说的那一句"不要忘了我"，
是那么地哀伤，至今还在我心中回响。
在我还来不及跟你表达心意的情况下，你独留下一句"我爱你"……
连让我回复你一句的机会都没有，
你到天国神游去了。

很想再见你一面，再见你一面，再见你一面……

我一定会再爱上你无数次，
因为至今我还是那么爱你，很想永远永远一直待在你身边……

嗯? 你听到我说的话吗?

如果听得到,请你仔细听,
我爱你,到永远……
这是我写给你的最后一封信。

乌丸武尊（23岁）

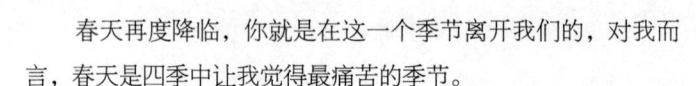

春天再度降临，你就是在这一个季节离开我们的，对我而言，春天是四季中让我觉得最痛苦的季节。

每次一看到和煦的风、绽放的花，我就会热泪盈眶，胸口疼痛。

你走后都已经三年了，虽然无法将你忘怀，可是我不能在原地踏步，所以写下这封信，算是第一封也是最后一封给你的信。

我竟然不知不觉地喜欢上从小就常黏在一起的你……

不知道你是怎么看待我的，我听到别人说你住院的消息，虽然非常震惊，但因为心想你应该马上就会出院，所以没有常去探病，如今想来非常懊恼。

如果当时可以每天去看你就好了，如果能去和你聊一聊学校的事、同学的事该有多好。

你开始卧病不起后，我才知道你病得有多重，听你母亲说你罹患的疾病时，我简直不敢相信自己的耳朵，还记得当时我吓得说不出话来。

看到你在病痛中依然对我绽放的笑脸，我从心底希望自己能代替你承受一些痛苦。

你气我太不自量力，你那样跟我说让我十分惊讶，如今却已稍微能明白你的意思。

因为你的病，让我更加成熟，那一定是你要留给我的礼物，你留给我的回忆、你教我的种种，都将成为我这一辈子的宝贝。

我会将它们永远珍藏在心中，以后我大概还会再谈恋爱，可是我最喜欢的人永远是你，我会继续喜欢着你，去谈另外一场恋爱。

我不知道对方有没有办法接受这样的状况，可是请你守护着我，让我能够在春天降临的时候，不再哭泣。

那么，再会了。

水树风（40岁）

小Q，你好吗？

告诉你一个消息，帮人家处理"寄不出的情书"的那个很棒的活动又开始了。

这是我生平的第一封情书，我很担心年底以来一直请假的你，明天会不会来，熬夜写下这一封情书。

带着重写过很多遍才写好的信，跟犹豫了很久才买下的巧克力到学校去的时候，已经是二月十四号那一天早上，平常说话像是在大声咆哮的老师，用低沉的声音跟大家说"小Q昨天……"。

我这才知道，十三岁正值少年的你之前竟然是因为心脏病才请假的。

我没有哭，你连句招呼也不打便匆忙跑到天国，还真像凡事性急的你的作风。真是太讽刺了，没想到当年没能拿给你的信，事隔近三十年，竟然可以寄给你，不要笑我，一定要认真地看完它哦。

咦，问我说巧克力怎么没有装在里面。抱歉，我把它吃了，因为不想送你带着泪水味的巧克力！

爱凛（28岁）

奶奶，您好吗？膝盖有没有又积水呢？不知道下一次要到什么时候才能跟您手牵手一起走。

无法再见奶奶一面都已经十六年了，当年国小六年级的我，现在已经是一个年已二十八岁、两个孩子的妈了。

您大概很惊讶吧？后来经过很多事情，曾经跟奶奶提过"要当学校的老师"的那个梦想，也因为高中就被退学的关系，早就放弃了。

我做了很多坏事，让爸爸和妈妈非常伤心难过，如果您还在世，肯定会被吓坏了，可是当年我真的很孤单，好几次忍不住想如果奶奶还在世就好了。

会不会是因为这个关系，我现在做的工作是奶奶想做的工作，我成为一名看护人员了。

我每天都跟一些不认识的老爷爷老奶奶手牵手散步，帮他们按摩肩膀，他们洗澡时还会帮他们擦背。

总有一天我也会去天国找您，到时候让我们手牵手一起去散步，以后也请您在天上守护我。

给我最喜欢的奶奶……

您的爱孙　敬上

真澄（31岁）

　　小艳跟我，与其说是伯母跟侄子的关系，倒不如说是朋友关系会来得比较贴切，虽然你有一些任性，可是跟你在一起真的很快乐。

　　我在你们家住的时候，我那些人造纤维的廉价毛衣，你都会用手帮我洗，你是一个很喜欢洗东西的人，你钱包中的零钱总是多到让人觉得很惊讶，冰箱里也常装得满满的，笑声也很开朗。

　　（为什么没能等我呢？）

　　我希望小空出世之后就过世的你能抱抱小空，就一次而已也没关系，忽然在那一瞬间，我觉得小空竟然长得很像小艳。

　　甚至让我开始怀疑是不是你投胎转世？小空长大后，我想让她穿穿小艳你留下来的遗物——红色高跟鞋，可以吗？小艳。

池田孝子（42岁）

你很喜欢飞机。

去澳洲的时候你曾经说过，

"来到赤道上空，一定要看一下地面，因为地面看起来很像燃烧的火那样。"

从纽约起飞的时候你说道，

"入夜后要特别小心，协和式飞机①如果撞到星星会摇晃。"

我生日那天你说道，

"我写给你的信，会从天空寄送过去。"

你留给我的最后一句话是，

"我要化为一颗行星，一直守护你；我会一直在宇宙中飞行，然后守护着你。"

你老爱开玩笑，却消逝得比飞机还要快。

几个月后我果然收到一封文笔不佳的你写给我的信，署名"玛丽亚"，像是充满了你想化身圣母玛丽亚保护我的愿望那样。

我遵照你的遗愿，在星光满天的时候，帮你举行宇宙葬礼，让你所爱的星辰不断地闪耀下去。

---

① 协和式飞机：Concorde，由英国和法国联合研制的一种超音速客机，一共只生产了20架。1969年诞生，1976年投入商业使用，2003年全部退役。自1969年首航以来，从未发生任何事故，获得了全球最安全客机的名声。协和号票价高昂。

Kayaring（31岁）

给母亲的一封信

觉得孤单不安的时候，
妈温柔地跟我说所有人都是孤单的呀，让我觉得有一些意外。
可是我可以深刻体会到妈妈独自背负家人种种状况的背后，承受的压力。
不精明的父亲、有病在身的弟弟、总是只想到自己的我，
支撑着像是要四分五裂家庭的母亲。
当我发现母亲头上出现十圆硬币大小的圆形斑秃的时候，
我的心脏整个揪在一起。
就算出现秃顶也还笑脸迎人的母亲，还好最后头发重新长了出来。

据说我出生的那一天刚好下雪，母亲从医院窗户望着雪。
开口跟身边的人说这是您一辈子觉得最幸福的时候。听到这些话让我有些不好意思，不过我永远不会忘记您说的那一句话。
每当微风吹起，我就会想起母亲，
世界上所有温柔的事，都会让我想起母亲。

佐藤良子（61岁）

给过世长男的一封信

你过世到现在已经三十八个年头了。

今天我又到出生不到四十天就过世的你的墓前帮你扫墓，如果你还活着的话，我应该已经教了你几十年你今年几岁了吧。

第二十五年的时候，我梦见点烟抽——香烟烟雾袅袅——已长大成人的你。

第三十年我梦到你结婚、我们都已经当上爷爷奶奶那样遥不可及的梦，老公跟我能为你做的就是每年在你的忌日去看你。

春天樱花盛开，夏天蝉鸣鸟叫，秋天枫红层层的远山，一年四季我们常常去帮你扫墓，因为那样可以为我们带来小小的幸福。

那个时候如果没有那样做，或许你就不会死，后悔懊恼的情绪让我觉得很心痛，我很想看你长到三十八岁的模样。

请到我的梦中，梦中就可以了，让我们在梦中相会。

母亲　上

池田智惠美（45岁）

事隔二十五年的告白

第一次有车子停在我们家门口那天，爸爸您还记得吗？当时我应该是国小四年级，那是一台古老的轻型箱型车，一点也不酷，但爸爸却像小孩子那样开心得不得了，毕竟那是我们家第一次有划时代的文明利器出现嘛！

那一台车的引擎声很大，不管在哪里，我都可以分辨出来爸爸那台车的声音，我买给您的那个交通安全护身符，您一直挂在那边，我记得每次车子开过凹凸不平的路面时，护身符上的小铃铛就会叮叮地响个不停。

不管是什么时候、什么地方，我都会像个跟屁虫那样，坐在副驾驶座跟您一起出门，然后爸爸您都会笑着跟我说，"你这孩子，真的很喜欢车子啊！"

其实我喜欢的不是车子，而是爸爸您。

爸爸离开我们已经有二十五年了，而我马上就要到您当时的年纪……

MIZHO（45岁）

"那一件衣服不适合你啦！"

我穿着胸襟稍微敞开的衬衫在工作，如果他还活着，一定会这样跟我说。

二月十四日是喜欢过纪念日的你的忌日，你的生日是十一月一日，我们的结婚纪念日是十月十日，四年前你留下三个孩子，先我一步离开人世。

今年就品尝沙哈蛋糕①吧。

你倒下的前一天，我们很久没这样开怀谈过。

之前我们只要谈到工作，就一定争吵不休，为什么我们不能好好跟对方说？像是跟对方说"加油"、"我相信你一定办得到"之类的话；不过我大概没办法跟你说"你是一个很棒的人"那样的话。

那个时候我们生活过得很拮据，根本无暇顾及其他，如今没办法跟你道歉，才发现自己没有好好待你，真的很抱歉。

能够嫁给你，真的太好了，那三个宝贝孩子我会好好照顾，养育他们长大成人。

我想把这一封信放在里面，送你一盒巧克力。

MIZHO

---

① 沙哈蛋糕：Sacher Torte，奥地利沙哈蛋糕，被誉为奥地利的国宝，维也纳的代表性甜点，被誉为巧克力糕点的国王。

日高佳美（31岁）

"等我病好了就结婚。"

他在病床上这样跟家人说，然后满心期待着病能够赶快好的样子，我当然也相信他的病会好起来，但他的家人跟医生好像都不愿意跟我说他的病情，结果他未能实现他说的那句诺言便走了。

三周年忌日的那一天，我到他家去。

"秀树应该非常欣慰，不过请你忘了他，朝未来迈出步伐去吧。"

听他母亲这样说，刚开始我觉得很难过，竟然要我忘了他，可是现在我才明白，一个白发人送黑发人的母亲，要多坚强多温柔才能跟我说出那些话。

那么喜欢他，却不曾对他表明心迹，这让我后悔不已，只能回顾记忆暗自哭泣，时光荏苒，他突然撒手人寰已过了三年，不禁想着自己似乎不能在原地打转。

如今我已经开始慢慢将他淡忘，或许有些太晚，不过还是想让他知道，"我当年很喜欢你，然后谢谢你"。

久保川贤一（44岁）

在美术大学先修预校的屋顶，
我戴着咖啡色的帽子，留着胡子，
坐在铁管椅子上，
右手手指夹着香烟，
那是一张我二十岁时的照片，
现在放在桌子上。
这是你二十岁那年帮我拍的，
说是什么"顽皮豹①风格"，
可是构图真的不好。
你在校内的比赛中，好几次获得第一名，
不是我自吹自擂，我拍的照片最好的名次虽然只拿到第四名，
可是我帮你拍的那张真的有模有样。
可以改采站姿，
然后一样戴着帽子，
用特写方式将指间的香烟全部拍进去。
我拿照片给你的时候，
我记得我们都笑翻了。
一直全心全意在绘画上发展、那么受女孩子欢迎的你，

---

① 顽皮豹：又称粉红豹或傻豹，卡通形象。

竟未踏入婚姻，

大概跟我选择单身的理由不同吧，

因为你的才能比我好上百倍。

有谁喝酒可以喝得过你?

怎么会四十一岁就看不开先走了呢?

心灵相通，在这个世上行得通吗?

你该不会是想去只有灵魂的国度和顽皮豹中的糊涂警探会面吧?

桥本治代（42岁）

给我最爱的小知的一封信

小知你到天国去旅行已经三个月了，我到现在还不能适应没有你的生活，甚至觉得完全不知所措。

你真的很坚强很优秀，一直到最后都不放弃，不断地跟癌症病魔搏斗，从被告知罹患癌症以后的三年五个月，我们彼此都很辛苦，也都觉得很可怕……

你是一个温柔的人，留下我和孩子们先走一步，应该比让你死，更让你觉得难过吧？你总是为我们而活，不是吗？你快要走的那一段期间，已经讲不出话来，所以什么话也没跟我们说便走了，可是我很明白你要跟我们说什么。你一定是想跟我说：

"一路走来很感谢你，孩子们就麻烦你了。"

小知，谢谢你，我真的很喜欢你，能够遇到你，我真的太幸运了，能够嫁给你真好。请你耐心等候，总有一天我会过去跟你团聚的。

佐藤美千加（44岁）

给爷爷的一封信

爷爷您真的倒下了,
再也没有机会醒来。
您常说"我不想麻烦大家",
大家都说,
"还好您能在那个时候离开人世",
确实,爷爷您死了以后,这个社会,
就没什么好消息。
其实您稍微麻烦我们也不会怎样啊,
至少希望您能看孙子进大学的模样呀。
谢谢您在我小时候常带我到处去玩,
工作不顺利的时候,
怀孕的时候,
谢谢您总跟我说"不用担心"。
虽然这样您会有一些孤单,
不过请暂时不要把奶奶带走。
明天您的忌日,我们大家会去为您扫墓。

伊藤摩利子（54岁）

早上还下着雨，近午开始居然下起大雪，好不容易等到你的生日，竟然遇到这样的天气。穿着短袖T恤，遇到这种情况当然会觉得冷。你在梅雨季快过完、天气还很闷热的某一天，利用午休去跑步就没有再回来，最后一次见到你的模样，是从椅背上整齐挂着工作服的椅子望过去所看到的你。

都已经过了七个月了，我们公司的慢跑跑道也已经完全变了样，金盏花已经枯萎，枯叶、橡树果子掉满地的这个时节，已经看不到有人带来祭拜你用的香和花，可是我还是常到这里来双手合十，忍不住流下泪来。

我怎么也不相信会这样天人永隔。你长得很帅，却老是扮丑角，明明是烂好人却爱装坏，明明很认真却爱开玩笑，说什么"只是想戏弄我们一下而已"；等天气再暖和些，你应该会带着笑容做慢跑装扮回来找我们吧，至少让我们这样期盼。

10月28日（16岁）

你现在在想什么？在看什么？做何感受？那个世界感觉怎样呢？

我永远忘不了那一天的情形，第一次见到你的时候，虽然你才只有几厘米长，却已经存在我的体内。

我永远无法忘记你，当我的体内开始感受到你的存在的那一刻，还有不再感受到你的存在的那一刻，你的生日、你的忌日，我都记得一清二楚，因为你是我心爱的孩子。

我虽然没办法让你爸爸幸福，虽然已经没有资格让你爸爸幸福，可是我绝不会忘记你跟你爸爸，不管再过多久，我的心都将与你们同在。

我原本想保住你的，我原本想一直跟你爸爸过着幸福的日子的，可是却什么都没办法为你们做，你们尽管恨我吧。

你在我体内成长，我连你的性别都还来不及知道，连帮你取名字的机会都没有，甚至还没有机会听你开口说话，甚至没有机会看到你的长相，可是尽管那样，你却确实存在过我体内。

现在我已爱上别人（*装出来的吗？*），对不起，其实我一直很爱你跟你爸爸。

很抱歉让你生作我的孩子，谢谢你生作我的孩子。

吉田京子（54岁）

给到那个世界去的你的一封信

因为突如其来的车祸，你到那个世界旅行已经十八年了。

你在我心目中永远停留在三十几岁的模样，现在我已经变成一个臃肿的欧巴桑，等我到那个世界跟你重逢的时候，你恐怕已经不认得我了。

好不容易见到你、你却不认得我的话，我会唱你最喜欢听的"Country Road"给你听，如果因为走音，让你认不出我来，我会大声地叫出你的名字。

"阿滋！"

这样你应该就会认得我了。

请耐心等候我们可以在那个世界重逢的日子到来，在那一天到来之前，我会在这个世上继续加油。

虽然孤单一人的夜有一点长，也有一点冷。

京子　敬上

圭（42岁）

您过世至今已经十年了，
可是每次一想起您，我的心都会哭泣。

我老是那么任性，
老是给您惹麻烦，
老是让您替我担心，
可是您总是笑脸对我。

您为疾病所苦的时候，
我又为您做过什么呢？
曾经是您不安的依靠吗？
我有很多话要跟您说，
如果可以的话，让我们在梦中相见吧！

您幸福吗？
我现在很幸福，
到如今我才发现您对我的爱，
而且是满满的爱，
我现在把它献给我最珍爱的人。

您看见了吗?
我已经有钟爱的家人了,
目前我很幸福。

谢谢您生下我,
谢谢您,
我现在很幸福。

川崎惠美子（41岁）

我非常非常喜欢你，你是老天爷赐给我做小孩的一只毛色雪白的小猫，因为你的关系，我才可以开始过着有人称自己妈妈、叫我先生爸爸的生活。

就连喂你这个小生命喝牛奶的时间，都让我觉得很幸福，就算不是真的小孩，你也让我体验到育儿的经历，虽然只有八年，不，这八年来很谢谢你。

请永远待在我的身边！你总是待在家里，每天都乖乖地等妈妈回家，没想到你会跟我染上一样的病，而且还先我一步到天上去。

终于只剩下四年，还剩下四年，等爸爸跟妈妈到天上去后，我们再在一起生活，希望你能一如往常那样在家耐心等候那一天的到来，小查。

要（18岁）

您问我喜欢爷爷吗？
我从不曾回答过您，
因为我不知道该怎么回答比较好。
我总是只能生硬地赔着笑脸，
如今我觉得很懊恼。
您很爱喝酒，
而我原本很不喜欢喝酒，
现在却看到酒，会感到身体暖暖的。
每次一喝酒，就会想起自己想跟爷爷说的那句话，
想起那些我希望自己能不害羞地跟您说的话，
就是那一句我很喜欢您。

希望这一句话能传进您耳中。

风真弘子（27岁）

妈，真的很感谢您！

如今回想起来，才发现妈妈您总是先想到家人，

妈，您总是那么温柔，鼓舞着我们，让我们有勇气面对一切，

只要有您在身边，我就会觉得很踏实。

可是如今我希望您能放下一切，

希望您能任性一点，放轻松一点，

妈总是面带笑容全力以赴，所以在医院这段期间，我希望您能够放轻松点。

靠着您的支持，让我们努力到现在，

现在我希望能回报您，就算其实我只能回报您给的几分之一而已。

我最幸运的就是生做妈妈的孩子，

所以不管再投胎转世几次，我都希望跟您做一家人，

谢谢您给我满满的爱跟笑容，我最爱的母亲！

我跟妈妈说"等一下再看"，然后拿给您的那一封信，还没有拆封，

是不是因为您已经明白我的心意，怕看了会难过呢？

几天后妈妈就到另一个世界去了，可是我却觉得妈妈离我更近了。

小菊的妈妈（31岁）

您突如其来地走了，一开始我觉得很伤脑筋也很难过，根本不知道怎么办。

可是如今都已经过了六年，真不敢相信。我一直想跟您道歉，或许因为身体一直觉得很累，所以完全没有帮忙做家事，真的很抱歉，擅自到国外去，让您担心，很抱歉。其实我最在意的是不能为您尽孝，不管我说几次"抱歉"，都不足以表达我的歉意。

妈，什么事都难不倒您，您没办法再像以前那样教我，让我觉得非常后悔。如果能多跟您学一些该有多好，我为什么没好好跟您学呢？因为我一直以为您可以永远健康地陪在我身边。事出突然，我想妈妈您自己也始料未及吧，您一定也以为自己可以马上出院吧。家里的摆设一直维持原状没有变过，实在是太令人难以接受了，如果时间可以倒转……

空（21岁）

爸爸，爸爸。

约九年前我在壁橱找到一卷录音带，是您因病过世前跟年幼的我一起录的录音带，我已经不记得了，可是录音带中却都是您的声音，那是一卷充满着您对我的爱而我却浑然不知的录音带。

最近我又看到那一卷录音带。

重新听了一次，您的声音听起来比我记忆中还要稳重，温柔却也无奈，而且不时传来的咳嗽声也让我觉得很哀伤。

九年前好不容易接受的这一份父亲给我的礼物，如今却让我感慨万千。父亲对我的爱之深，让我不由地哭了出来，就算一直咳个不停，他也拼命唱着，可以和年幼的我在一起唱歌的那份喜悦，穿越时空深深地感动了我。

爸爸，我今年要进入社会了。

虽然会遇到很多人，不过我会把爸爸对我的"爱"放在心中，努力去追求自己的梦想，请您拭目以待，爸爸。

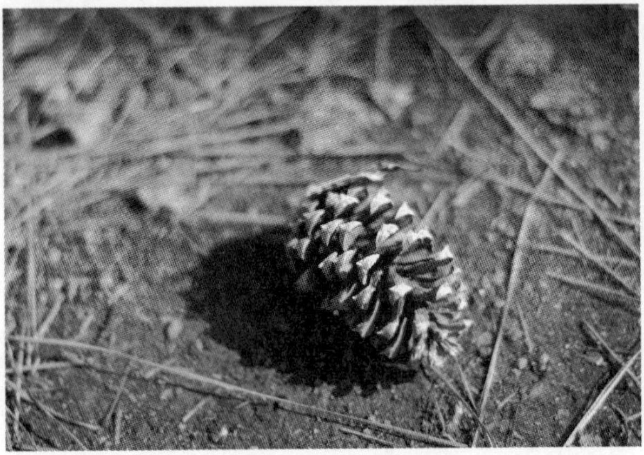

广野由加利（41岁）

如果是为了你，我愿意把心脏、眼睛、肝脏、肾脏都捐给你。
只要你能活着，让我死去也没关系，
就算我不在这一个世界，也会在某处守护你。
夏天的甘草，春天的宝盖草，秋天的紫珠，冬天下雪时，我却还活着。
我还来不及向你表明心意，你的人工呼吸器就已经被人家拔掉。
我独自在病床边面对着像是睡着、其实已经死去的你。
我不相信你已经死了，我觉得死掉的应该是我，
我爱你——我爱你——
任凭我怎么呼喊，你应该都已经听不到了，
当你被宣告脑死后，我还跟你说了好几次我爱你，最后我决定写一封信给你。
放在你无力的手掌中，放在你插着针筒的手腕间隙中。
春天会再降临，你会一直待在我身边吗？
你妈跟我说"不要再说了"，我的泪水却停不下来，
早知道应该在你还听得到我声音的时候就跟你说，
我爱你，我整个身体都可以给你。

秋野空（25岁）

冻得要命的隆冬早晨，早报地方版一角有一则关于一位男性在海外车祸意外身亡的报道，那一则新闻小到让我几乎没有注意到。

上面的住址是对门的阿健他们家的住址，是我小时候的玩伴阿健，二十二岁的阿健，从小就常常跟我一起跑来跑去的那个阿健，那个跟我说要移民新西兰、要我随时去找他玩的阿健。

我有一会儿没办法理解，这则报道究竟要传递什么讯息。

我跑出玄关，阿健他们家的灯没有开，让人看起来觉得很恐怖，我当场颤抖着蹲坐下去，我压低声音独自哭了起来。

他应该还有很多事想要做，还有很多地方想要去吧。

我们如果年龄更相近些的话，应该可以拥有更多相同的回忆。

他就这样一句话没说就走了，这样的年纪实在太年轻了。

阿健，我应该曾经笑着跟你说过，你是我的初恋。

阿健，我并不敢确定你截至目前的人生是不是无怨无悔的。

事到如今我只能相信你未来的人生应该会更精彩才对。

茧（19岁）

我数度希望能够再见你一面。

我们原本是一起待在妈妈腹中的，可是顺利存活下来的却只有我，在顺利存活之前，你就离我而去了。

如今想来，那应该是我有生以来第一次的别离也说不定，我出生之后放声大哭，一定是因为只有我一个人顺利地生出来。

只有我一个人顺利存活，真的很抱歉。

我现在还会想象你的样子，像是你是男生还是女生啦，个子跟我一样矮吗，长什么样子啦……反正就是会想象很多关于你的事情。

然后我决定要连你的那份一起活，要笑两个人份，要哭两个人份，要烦恼两个人份，要努力两个人份，拼命地活下去。

因为我的生命跟你来自同一个起源，你不曾被妈妈温暖的手抱过，也没被哥哥姐姐疼爱过，你却是我们重要的家人之一，是另外一个对我很重要的手足。

虽然你不存在于这个世界的历史中，可是却确实存在我的历史中，认识出生之前的我只有你。

今后请守护身为你的手足的我，再见。

红梅（46岁）

独自先走一步的雅之，你在那个世界过得好吗？

都已经过了三年了，我独自忍受孤单的能力也越来越高了，我想你大概还留在我身边，拼命跟我打讯号，可是我却差劲地都没有发现，真的很抱歉。

昨天晚上突然砰的一声，八音盒被敲响，一定是雅之你。因为第一次发生这种事，虽然我们都很惊讶，可是没过多久我就高兴地跟小均跟小惠说：

"是爸爸敲响八音盒的啦！"

小惠接着说："没想到爸爸已经有这等能耐了。"

然后她也跟我一样开心。

小均却接着不开心地跟我说：

"肯定是因为妈妈没有买情人节巧克力送爸爸啦！"

我们三个人有点勉强地过着生活，等到可以去见你的时候，我肯定已经是一个老奶奶了，希望我能精进到可以让还停留在四十三岁的雅之，夸我一句"你果然没让我失望"，期待再相逢。

大场裕子（36岁）

爸爸，您罹患肝癌后只跟病魔缠斗三个月，便不敌病魔摧残，撒手人寰到天国去旅行，到今年春天都已经满十一年了。

以前您连礼拜天也没办法陪我玩，所以原本我觉得自己开店做生意太辛苦，没想到最后我会继承那家您看得比自己性命还重要的店。我每天都拼命看书，期望在这一片不景气中，为我们家的店开出一条路，不知您在天之灵会不会以我为荣。

您总是这样说，"开店最重要的是笑脸迎客，让客人带着幸福的情绪回去，就算有再难过的事，也不能让客人知道你心情沉重，那样对客人很失礼，不是一个专业的老板应该有的举止"。无论再怎么累，您都硬撑，所以才会那么早便离我们而去。

现在我每天都带着笑脸站在店门口，就像您以前那样让客人带着幸福情绪回家。

水野俊彦（58岁）

"妈妈死了。"

当我收到女儿写给我的信的时候，眼前为之一黑，就算我想见你最后一面，也去不了，因为我正在监狱服刑。

我赌博、玩女人、在外面横行霸道的时候，你从来都不曾对我有所怨言，失去像你这么好的老婆，才发现你对我的重要。我真是个大傻瓜，我真的很对不起你！后来我每天都梦到你，你应该是到天国去了吧。

我现在已经从监狱那边拿到"到地狱"的车票，所以或许无法如愿去见你，不过以后我会努力拿到一张"到天堂"的车票，然后到你那边去看你。

在你死前我都没能去见你一面，足见我有多悲惨，可是那也表示我犯的过错有多大。如果神明们愿意给我一张"到天堂"的车票，我一定会跟你联络，记得到车站来接我，因为我第一次到那里去，肯定左右都分不清楚。

虽然我老是给你惹麻烦，不过让我们从第一次碰面那个时间点开始，全部重新来过好吗？不要跟我说你很抱歉，我需要的是机会，谢谢你。

樱美月（31岁）

给正和的一封信

我第一次梦到你。

小时候我们常常在老旧的校舍一角，把秋千荡得很高，边笑边玩。

我怎么也不相信你会在几天后突然车祸身亡，当时才八岁的我根本不了解死亡的意义，也不知道该怎么跟人家道别。你是我的初恋，可是我却完全没办法让你知道，如今都已经过了二十多年了。

我无法表达对你的思念、孤单，有时候会和你的轮廓重叠在一起，变得又浓烈又无奈。

对你的印象还停留在当年，不知如今你已经变成什么样，如果能再见你一面，我希望时间能够停住，我要抓住那瞬间的幸福。在梦中交给你的信里，有我满满的爱意，至于你回给我的信，因为突然梦醒，还来不及看，不过我坚信有一日我们还会在梦中相遇。

虽说生死两茫茫，应该并非偶然，很谢谢你到梦中来见我。

我活在现实社会中，却总是在祈祷你能够平安幸福。

田中裕一（37岁）

我的优点就是不畏缩、不放弃，
所以就算已经被你拒绝很多次，
我还是一直写信跟你说，
"我很喜欢你，我们结婚吧。"
你总是回信跟我说，
"你是个好人，我们不能只做朋友吗？
你不要再做无谓的努力，放弃吧！"
看到你这样写，我虽然很泄气，
可是还是继续写信跟你说，
总有一天让你回心转意。
后来听说你到国外，
发生车祸过世了，
我很不甘心，
我再也不可能让你答应我的追求了，
而且以后也不可能再听到你跟我说，
"不要再做无谓的挣扎了。"

佐藤道子（80岁）

给在天堂的你的一封信

好久不见。

如今想起来，那一通事隔三十多年、让我意想不到、说是"想见我一面"的电话，让我既吃惊又高兴，请原谅当年已经快六十岁的我，无心回绝你的话语。你说的那一句"我不曾有一天忘记过你的存在"，对一个女人来说，是非常受用的，有好几夜我因为你说的那一句话而哭湿了枕头。

然后你到东京去之前，好像也有来找过我，那一天早上因为听到有人叫我的声音，而醒来两次，当然是你叫我的声音。因为身体状况比较好，所以我便到家门前的田里去散步，回程时，邻居的女孩子跟我说你来过。

你走了一里路来看我给我的喜悦，还有没遇到你带给我的哀伤，我想借这个机会告诉你。我们擦身而过的人生，年轻岁月的那些美好回忆，是八十岁独居的我的心灵慰藉，谢谢你。

风捎来信息说你已经长眠，愿你一路好走。

八十岁的我　敬上

石坂绿（49岁）

我无缘再见你一面，都已经好几年了，可是我没有一天忘记过你。我也曾想过要努力忘掉你，有人说时间会解决一切问题，可是当时失去你的哀伤，如今却还鲜明地映在脑中，挥也挥不去。

如果我努力尝试新的事物，可以让我再见你一面，我一定会拼命努力。当年还在襁褓之中的我们的宝贝，如今都已经长得很健壮，今年都已经高中毕业了。

独自一人带孩子曾让我觉得很不安，极度没有自信，甚至困惑不已，但还是撑到今天。有时候孩子那些让我意想不到的举止，因为太像你，时常引起我内心的骚动。孩子身上有你的影子，这常让我禁不住流下泪来。

失去你的悲伤让我无法言喻，不过也让我学了很多东西。

我由衷感谢曾经那样爱我们的你，总有一天让我们在你存在的那个世界再会，请一定要夸我"你真的表现得太棒了"，就这样约定哦。

松本奈绪子（22岁）

在我还很小的时候我们约定好的，您还记得吗？

"奶奶，我二十岁就结婚，您一定要活到那个时候哦！"

"是吗，我现在就开始期待了哦！"

我们两个人都没有信守约定，虽然我们一起爽约了，不过我真的很高兴能跟您那样约定，我也不知道为什么会这样。

以后我要变成一个比奶奶还要坚强而且漂亮的人，一定要让奶奶大吃一惊。

这一次我一定会信守自己的诺言。

石井达也（26岁）

我在国小三年级的时候认识你的，我们同班，又都参加少年棒球队，还在同一个地方学长笛，可以说常常玩在一起。

进到国中以后，我们一起加入网球社，放学回家的路上总是嬉笑个不停。可是高中以后，我们就很少碰面了。

二十岁那一年春天，我们在国小同学会碰面，当晚回家途中我们边走边聊。我做梦也没想到那一天就与你天人永隔，眼看着你离开我就要两年了。

我最近才得知你过世的消息，因为很想见你一面，所以隔了那么久才又提笔写信给你。替你回信的是你哥哥，他让我听你作的所有曲子。

你真诚的心意，真挚的爱，透过你作的曲子，在我心中回响不已。你留给我的不是只有悲伤，你无尽的爱将永远留在我心中。谢谢你，我最珍贵的朋友。

小堀彰夫（63岁）

我每天早上都会在那一间神社①双手合十，
从前你经常在那间神社拿着扫帚扫地，
不管是迎着朝霞的你，
或是雨中朦胧的你，
像要被风吹走的你，
像要融化在雪中的你，
我都见过。

当时听人家说你已经八十多岁了。

我们持续约十年的清晨相会，
总是静静地跟对方点头打招呼而已，
但那样的点头行礼却滋润了我的心灵。

你在去年秋天，
蒙主恩召去了。

今年冬天已经看不到你扫落叶的模样了。

---

① 神社：是崇奉与祭祀神道教中各种神灵的社屋，是日本宗教建筑中最古老的类型。由于神道教与日本人民生活密切联系，神社在日本十分普遍。

今天早上梅花依然盛开,
那一片梅林中,
再也听不到你扫地的声音了……

曾经爱过你

忧伤的草莓酱

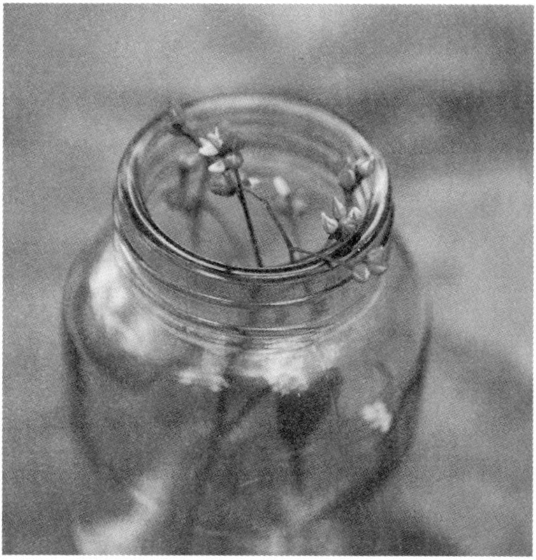

柠檬派（40岁）

果酱男

高中时的初恋对象，
当时我很喜欢的他，
我老是喜欢上学途中故意绕远路，
回家途中故意绕远路，
不管到哪里都绕远路。
第一次在他家过夜，
我在幸福洋溢的气氛下睡着，
在其他人都去旅游、没有半个人的他的家里，
他高兴地大口吃着我最拿手的三明治，
鲔鱼三明治涂的果酱，
是红色的草莓果酱，
是现在当我看到鲔鱼三明治还会觉得很哀伤的草莓果酱。

佐藤邦夫（61岁）

写在沙上的情书

夏日傍晚的日本海，像湖泊那样宁静，
几乎看不到冲到沙滩上的浪花，
海浪仅仅稍微涌向平坦沙滩就退回去，
从缓和的山丘，眺望着被夕阳染红的波浪，
让自己沉浸在思念中是我唯一的乐趣。

其实我另有目的，
以前就对她很有好感的同班同学A子，
也常常会到隔壁那一个山丘来，
有时候我们会在仅距离十数公尺的地方相遇，
但天性害羞的我既不敢接近她，更不敢跟她说话。

高中二年级七月的某一天傍晚，
我在因为海浪冲过来又退回去而湿掉的沙滩上，
像是要让她能从山丘看得见那样，
在沙滩上写出一个大大的"kiss"。
A子一定会到那一个山丘来，
所以大概会看到我写在沙滩上的字，

A子应该知道是谁写的。

如果爱作弄人的海浪,不把它冲掉的话。

静川流清（44岁）

如果，
如果啊，
只要一次就好，
只要一次就够了，
如果能发生奇迹。
我，
我要回到那个时候的我，
带着当天的心情，
去找那一天的你，
双手抱着，
多到抱都抱不住的花束。
用我这一生的勇气，
不，这十生，甚至百生的勇气，
跟你说一句，
"我喜欢你"，
就那一句就够了。

叶月飞鸟（17岁）

人类相爱的条件是什么，你想过吗？

如果没有相差那么多岁……
如果可以住近一些……

不知道老师你会不会注意到我的存在？

对你而言只是学生之一的我，
跟唯一的老师的你。

嗯，我原本希望能一直不要长大，
可是却希望能够比较接近老师一些，
要填补八岁的年龄差距很困难吧！

搭飞机要花两个小时，
没办法轻易地说见面就见面的距离，
我朋友说邮件比较没有诚意，
可是我会让你看到我的真心。

老师的一封邮件就可以改变我的一天，

"早!在学校要加油哦!"只要你回我这样一封邮件,
我一整天都会很努力。
这就是只有老师有办法对我施的魔法。

老师!还记得我们最后的约定吗?
你说过要我三年后变成一个美女来见你,
还说那个时候让我们把酒言欢。
三年后我会变成一个让老师不禁回头看的美女,
然后去找你。
不要再把我当孩子看,跟我说"喜欢"我。

这一封信我可以先收着,
可是却收不住那一句"我爱你"。

寅本美智子（47岁）

初恋的他是铁臂阿童木[1]

我还只有五岁的时候，诚总是跟我一起玩，我总是叫他"小诚"，就算附近那些不良少年常取笑我们，我们还是常常腻在一起。

不过小诚要搬到遥远的城镇去的那一天，我却难过得躲在家中的橱柜，哭个不停，那个时候为什么我会说不出那一句"再见"呢？

那一句话现在也还放在我的心底。

"小诚，谢谢你总是陪我玩。"

"小诚，你曾是我心目中的英雄，没错，你是我心目中的铁臂阿童木。"

现在我好不容易才敢说出来，年幼时的那些美好回忆，让我觉得小诚跟我一起拍的照片，是我的相簿中最闪耀的照片。

---

[1] 铁臂阿童木：日本漫画界一代宗师手冢治虫的首部连载作品《铁臂阿童木》中的人物。

良夜（18岁）

"我喜欢你。"

我用认真的表情那样跟你说，你却话也不回，一个劲儿地在那里笑。对脑筋还停留在婴儿时期的你而言，我的心情是不是有些不容易了解呢？

你很喜欢妈妈，喜欢唱歌，喜欢吃蛋糕，你喜欢的东西很多，可是你究竟是怎么看待我的呢？

如果能得到你那一份特殊的"喜欢"的话，我会很高兴，但是又很无奈。

嗯，你还记不记得有一次我们不知不觉走到一个可以看得到海的高台上去那件事情？

你穿着一件跟大海一样蓝的洋装迎风摇曳，你乱蹦乱跳，天真无邪地握着我的手，你应该是没有什么特别的意义就那样做，所以根本没有注意到我的惊慌失措，还是跟平常一样地对着我笑。

（坦白跟你说，我拿你那个表情最没辙，你不要跟别人说哦！）

我稍微用力地回握住你的手，心中像在念咒语那样，念了好几次"我好喜欢你"。

问我为什么？

因为我希望你也能跟我有一样的心情。

不知道你有没有稍微感应到我的心意？还是没有？你没办

法理解？

嗯，算了，就算你那样，我依然很喜欢你。

就算只有一瞬间也好，我接触到你的体温后，跟你合而为一，像你的情人那样……，我这样想没有关系吧，因为这是属于我们俩的回忆。

你应该连这些回忆都会忘掉吧。

你有病在身，不是自己喜欢一直停留在婴儿时期的。

不过这世上有太多人说你的坏话，用不正常的眼光看你，不知道你看不看得懂那些没有同情心的家伙的态度？有时候看你一脸哀伤的样子，我想你应该看得懂。

就算你的脑袋不了解对方的言下之意，你的心应该也可以感受到才对，所以恐怕也很受伤吧。

你有一颗体谅别人的心，一脸可爱的笑容，那是无可取代的，是最棒的。

有缘跟你在一起，我真的太幸运了！

有幸做你的母亲，我非常感谢上苍的安排。

跟你在一起的每一天，都让我觉得非常充实，我真的觉得很开心，总是可以由衷尽情地笑。写信给你时，心中的一些情绪油然而生。

这应该就是所谓的幸福吧？

是你为我带来这至高无上的幸福的，谢谢你。

我马上要离开你的身边，容易受伤、老是爱撒娇的你让我觉得很放心不下。

可是应该没问题的啦！

了解你的善良跟笑容的人不少，总是会有人看得到你的优点的。

所以难过的时候，你尽管哭没关系，不要认输，勇往直前，我会为你祈祷的。

让我们一起加油。

总有一天我们一定可以再重逢，不，绝对要再重逢，

那个时候，请你千万不要问我："你是谁？"

就算你这一辈子都不会了解我的心意，也没关系，

我还是要把你抱在胸前，不断地这样跟你说，

"我很喜欢你，理诺。"

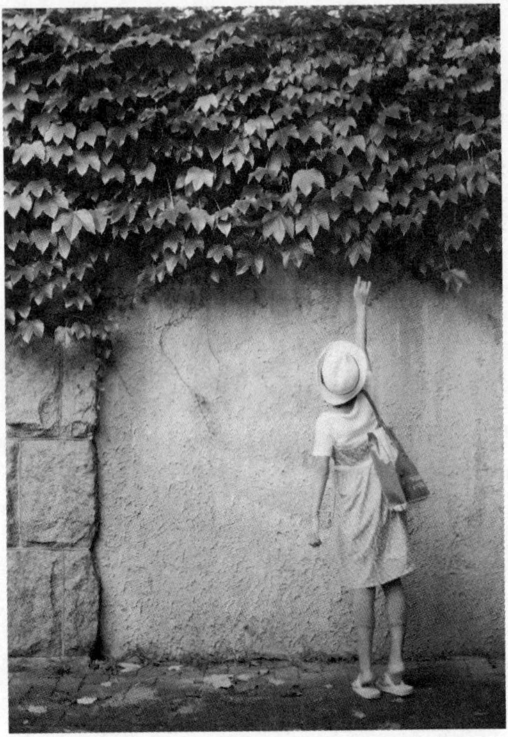

山本由美子（54岁）

给大学时期的男朋友的一封信

有很多咖啡厅已经关门，可是我们去过的那一间却到现在还在营业。

请再跟我见一面吧，这是我写给你的最后一封信。

很期待我们能像电影剧情那样言归于好，所以在那间咖啡厅等了你三个小时。

一个人晃出咖啡厅的那一个夏日，距今已经有三十二年。

那一间咖啡厅还没关。

当年还没有出生的年轻人在店里谈笑。

我走过那一间店前面的时候，整个心都揪在一起。

两人相恋的回忆不管是哪一个版本，都很美。

不知道你现在在做什么。

在晴空下度过的那些岁月，不知道会不会偶尔掠过你的心头。

白秀范（35岁）

当年我们都太年轻了。

为了一些细枝末节的事吵架，然而还那样分手了。

当年我们两个异地恋，后来你写信给我，可是上面只轻描淡写地说"我结婚后，已经移居美国"，好像电影只拍一个场景那样的台词，所以我一直以为你是为了要安慰我才那样写的。

我曾经打电话到你娘家去，应该是跟你分手一年左右的时候吧？那时我得知你真的搬到美国去了，然后十五年过去了，我已经结婚，并育有一女。

有一天整理桌子的时候，找到一封你写给我的情书，还有我没能寄给你的情书，我竟然不由自主地沉浸在过去的种种回忆中。

如果当年我把那封信寄给你的话……，我竟然陷在有些感伤的情绪中，女儿在我身边睡得正甜……，那一双小手……，然后是女儿身边微笑着睡着的妻子的侧脸……，我现在非常幸福。

希望在遥远的大洋彼岸的你，也能过得很幸福。

沙漏（46岁）

"到伊拉克去。"

寄不出的是你写给我的情书。

妈妈打电话给刚度完蜜月旅行回来的我，说是我不在家那一段期间，有位叫齐藤的先生打电话给我，"说是从伊拉克打的"。

伊拉克的齐藤先生，那是我学生时代无缘擦身而过的对象，算不上谈恋爱，应该是朋友关系而已，不经别人提起，我都已经把他忘了。

当我走出图书馆，外面竟然下起雨来，正当我想全力冲刺到地铁站、可是又觉得手中的书太重时，身后竟然有人对我说，"如果是到车站，我们可以一起走"。

我们彼此认为对方应该是大学生，我直率地跟他说了声"谢谢"，便进到他的伞下。到车站共花了十五分钟，我们竟然令人意想不到地臭味相投，都觉得再聊一会儿没什么关系，便到站前的咖啡店继续聊。

他跟我都是大四的学生，都为了要完成毕业论文才到图书馆。他毕业后要到商社上班，上班地点据说是伊拉克；我则决定到农会上班，原本打算交出毕业论文就回老家去。

我们聊到忘了时间，最后彼此交换地址便各自回家。我的毕业论文进行地比预期的还顺利，隔月便交出论文回到老家。

当我都已经忘了齐藤先生这个人时,竟然收到一封他从伊拉克寄来的信。

他在信中写道,沙尘暴很严重,他喝不惯羊奶,等到他一切安顿妥当后,会跟我联络,要我务必去找他玩。我当时因为拼命在学如何操作上班单位的电脑,便忘了回信,甚至还把齐藤先生这个人给忘了。

几年后我就相亲结婚了,所以他现在跟我联络,已经为时已晚,因为后来这七年间我完全没有接到齐藤先生任何的消息。说是"等到一切安顿妥当以后",都已经过了七年了不是吗?

我为了追求安稳的未来,跟一个在家乡的、能够孝顺父母的富家子弟结婚,虽然有时候我也会想如果跟你生活在沙尘暴笼罩的伊拉克也不错。不过还是愿伊拉克永久和平,然后你能够安然无恙。

A（24岁）

我们已经好几年没见了，你好吗？

我并不知道K会不会看到这一封信，如果他有看到，那我会很开心，因为我有件事要告诉他，所以写了这封信。

我转学过来的时候，马上跟同班同学K相处融洽，我们在一起很开心，毕业旅行在游览车上发生的种种，还有回程在船上发生的事，我都非常珍惜。当时我觉得跟K在一起很快乐，也很喜欢K。

虽然当K对我说"喜欢"我的时候，我还不清楚自己其实很喜欢K，因为我们都还很小，所以会比较在意周遭人的嘲弄，没办法马上接受对方。

后来就没有好好跟K聊过，所以如果他看了这一封信，希望他能了解我真正的想法。希望能够坦然面对自己的K，能够比没办法坦然面对自己的我过得要幸福，而我也会努力让自己幸福。

章（32岁）

在我的心目中，你是一个只关心工作的机器人。

可是那天我跟客户吵架、觉得很困扰的时候，你忽然出现对我说"怎么了？接下来交给我"，当时你说的那一句话，还有后来你处理事情的样子，深深地打动了我的心。在住院的病房中我们相对的笑容，至今还留在我的心中。

唯一让我后悔不已的是，为什么自己没有勇气再往前跨一步，不敢打电话给你，也不敢跟你聊天，后来我们便自然而然疏远了。

婚后我也一直在想不知道你现在在做什么，有朝一日让我们带着最棒的笑容再相会吧。

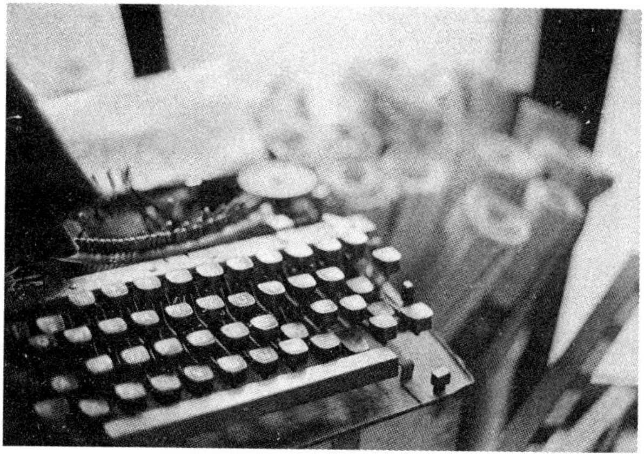

日留间叶月（41岁）

只想跟你说一句话，那就是"我喜欢你"。

想跟你说这句话而已。前几天同学会，我担任总干事，心里很期待你能来。

我没跟任何人说过我的心意，国中时代我很喜欢你，可是一直将自己的爱意隐藏在心中。然后你因为家庭的关系搬到其他县市以后，我只再见过你一面，当时高二的你跟你的朋友在车站，我从车窗看到你，身体颤动着，从电车一直走到剪票口的过程中，我内心激动不已。

"你好吗？"

你主动跟我打招呼道，

"嗯。"

我逃也似的回家去，可是心跳得很厉害，因为太突然了。

同班同学联络簿中你现在的住址空白，虽然我很期待可以再见到你，可是有时候也想着是不是停留在回忆阶段，会比较美好。

可是我还是想跟你说一句，"我喜欢你"。

久美（25岁）

我喜欢你。
可是我却连这一句话都说不出口。

很想在舞台后面悄悄为你打气，靠近你身边，
后台是一个汗水交织、不可思议的世界，
可是我却无法按照自己的期望去做。

我二十五岁，你十八岁，
没办法坦然面对我们的关系，全都是因为我的自尊心作祟。
对不起，其实我一直都知道你喜欢我，
也很了解自己的心意，
我也知道只要我可以抛下一切，就不会有问题，
可是却办不到。

昨天你也在舞台上大放异彩，
我们曾那样靠近对方，没想到瞬间……
舞台就在我面前，可是却那么遥不可及，非常遥不可及。

我二十五岁，你十八岁，

只要跟你说我喜欢你就可以,
我却连那一句话也说不出口。

寝子（30岁）

你的存在对我而言有如强光。

你总是开朗坚毅、自信满满，很强势地主张自己的看法。

我虽然被你这些特点吸引，可是那样在你身边，我觉得自己好像变成你的影子，所以我越来越讨厌自己。

"那样不可以啦"，你一直这样提醒我，可是却让我越来越没自信，真的让我很不好受。

所以我因为憎恶不愿意接受我弱点的你，而决心要跟你分手。

到如今我还是不知道自己当时的决定是对是错。

分手的时候，我跟你说我不想按你的生活方式生活，可是等到你离开我后，我却开始在自己身上找寻你的影子。

我到现在还在找寻，看看我身上有没有遗留下你带给我的坚强、积极。

定时制①的由佳（25岁）

给秃头的长谷川的一封信

喂！长谷川！
我有遵守自己跟你的约定哦。
虽然花比你多一倍的时间，但我高中毕业了。
我完全不知道你现在在哪里，现在在做什么。

听人家说你独自到名古屋时，觉得非常震惊。
你是我最亲近的男性友人，不管什么时候都会对我说实话，
你对我而言很重要，却突然离开我到遥远的地方去，
叫害怕寂寞的我怎么办。

你不是说过吗？
你对我说"我在名古屋，然后你在东京，我们互相加油"。
还说下次我们碰面，就一起去玩个痛快！

可是你根本没做到嘛，

---

① 定时制：日本的一种高校教育形式，和全日制相对，学生一边工作一边学习，每周只在固定的时间学习。

你从名古屋逃走,
我真的很后悔,竟然那么口不择言,
说你这个人太差劲。

没有与你联络已经超过一年,
我不知道你现在在哪里,在做些什么,或许也没有必要知道,
不过我还是很感谢你。
我很喜欢你,所以我不想输给你,
谢谢你带给我这样的力量。

山本卓弥（21岁）

我并不知道你的姓名，可是你对我而言却别具意义，因为遇到你，我才了解喜欢上一个人是什么样的感觉，当时我曾经不可自拔地喜欢上你。

平成十六年夏天，你因为要取得资格，而在爱知县某大学上两个月课。你总是坐在窗边的一个位子，走路很悠闲，"像是没什么熟人"般，每天都自己独自吃饭的大四女生。

如果我跟你搭讪，能为你留下美好的回忆就太好了，不过或许并不是那样。

真的很感谢你，或许我们已经没有机会再碰面了，可是我希望总有一天可以对你表达我的心意。虽然只是瞬间的邂逅，我已经喜欢上你，并且无法将你忘记，给九月十五日的你的一封信。

背号3231（30岁）

给永远的背号八号的一封信

你还记得吗？

我国三你高二那年夏天，我到你们学校参加排球练习比赛，当时你是高中足球队的一员。

练习中的你在体育馆对我说"加油3231"，还记得当时我心里是这样想的，"搞什么？这个家伙是谁？比赛中那样叫，多不好意思"，练习比赛结束后准备回家时，你说"3231号，我喜欢你"。

之后又去练习了几次，得知你是一个很棒的选手，但迟钝的我当时没能回应你的心意，如今想来那是你给我的第一句和最后一句"爱"的话语。

事隔八年后，你穿着G大阪的运动服，受到观众的热情欢呼，驰骋在体育馆。

当时我在心中低语"没想到我们还会碰面"。如今我已是三个孩子的妈，不久前听到你的死讯。

你在不知道我名字的情况下，三年前因神的召唤到天国去旅行，你给我的那一句"爱"的话语，"3231号，我喜欢你"这一句话，我一直将它收藏在我最难忘的回忆语录中。

你现在还记得那一个"3231号"吗？如果有朝一日可以再见

到你,我一定要跟你说当时其实很想跟你说的那句话,"背号八号,我也喜欢你"。

3231号　敬上

✈ ....

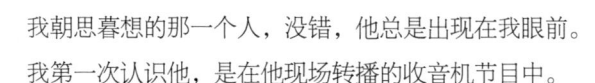

Kino（13岁）

我朝思暮想的那一个人，没错，他总是出现在我眼前。

我第一次认识他，是在他现场转播的收音机节目中。

"现场转播"是非常无奈的，虽然度过一段共同时光，彼此却在遥远的两端。

可是当时国小五年级的我，享受听到他的声音的乐趣，足以让我忘记那样的无奈感，每天晚上我总是听他的节目到凌晨一点。

他的名气渐渐打开，开始担任电视节目的主持人，更加让我觉得他跟我的距离很遥远。

透过"电视"那样的机器，还有音响，他进到我的心中。

透过这一台电脑画面，我可以看到他的特写。

可是我却没办法以他影迷的身份写信给他。

因为我心中产生"他很忙，而且影迷很多，根本没空看我写的信"的不安。

现在他已经跟他相恋多年的女友结婚，大概过着幸福美满的日子。

然后我想为自己留下这一封我写给他的"青春情书"，而不是"影迷情书"。

草莓（11岁）

空荡荡的教室中，我坐在他的位子上。

我边说"我一直梦想能坐自己喜欢的人的座位"，边坐到位子上，感觉上非常幸福，像有一阵温暖的感觉充斥在我心中。

可是我没想到我这样的行为会被别人看见。

隔天这件事情传开，你应该听说了，却刻意不去提那一件事，让我重新体会到你的"体贴"。

结果我忍不住主动问你，"我跑去坐了你的位子。"
然后你跟我说："我知道，不过你大可以不必放在心上。"
当时我已经泪如雨下。
很抱歉让你卷入蜚短流长的传言中。

我终于敢对你说"谢谢"了，
再一次充满谢意地对你说："谢谢"。

山梨优子（25岁）

我在小学五年级的时候写信给你。

你在家乡合唱团举办的音乐剧《青鸟》①中扮演一只叫作约翰的狗。

你张开的大手，温暖的歌声，让我的内心雀跃，扑通扑通地跳个不停。

如今想来，那应该是我的初恋吧，我第一次有那种怦然心动的感觉。

我当时写了一封信给你，"给名叫约翰的狗"。

因为太笨拙，所以应该算不上情书。

我将信装在粉红色的信封中，吊在从我们家的窗子往你出现的会场方向拉过去的绳子上面。

最近又想起你，因为即将结婚，在打扫房间的时候，竟然发现一本已经褪色的绘画日记本。

其中一页是我用各种颜色的彩色笔给你画的一张画像。

不禁想着你现在在做什么呢？

---

① 《青鸟》：比利时剧作家M.梅特林克的代表作，6幕12场童话剧，1908年在莫斯科艺术剧院首演，由斯坦尼斯拉夫斯基执导。随后相继在德、英、法、美各国上演，很快产生世界性影响。

南风（38岁）

只怪我们邂逅得太早，
如果我们彼此都成熟一点再邂逅的话该有多好。

知香（26岁）

我喜欢你
我喜欢你
我喜欢你

我真的很想这样对你说

如果我不喜欢你，
就不会来这里找你玩了，
为什么我总是说不出口呢？
小学回家的路上，
礼拜六下午我们背着双背式书包一起跑着，
很想跟你说，
我真的很想跟你说，
我超喜欢你的。

安藤比佐子（56岁）

哥哥，你好吗？忘了你比我年长还是跟我同年，甚至连名字也不太记得了。

只记得你额头上的卷发。

我总是在托儿所哭，因为父母离异、母亲寄住在外祖母家的关系，我被送到附近的托儿所去，我是一个爱哭又害羞的小孩。

哥哥，你总是尽力袒护我，有时候我会到哥哥家去玩。

哥哥总是一张笑脸，对人很好，我则总是绷着一张脸，像是哥哥你对我好是应该的那样。

有一天，哥哥和你妈妈到我外祖母家，跟我们说你们要搬走了。你妈还说谢谢我们家一直跟你们相处融洽，我躲在姥姥身后，没有哭，也没能跟你说一句再见，就那样没说半句话让你走了。长大后觉得自己应该要跟你们道谢才对，所以数度感到很后悔。

如今都已经超过五十年了，不过我还是想对我很喜欢的哥哥说一句"谢谢"。

芦川鞠（24岁）

电视卡通正在播放的是手塚治虫①的"怪医黑杰克"，我全年无休止，几乎没有遗漏过半次，终于明白你看漫画书、向往医生生涯的原因。你向我推荐说"因为故事编得很好，所以我借你漫画"，当时我完全没把你的话放在心上。

我像不像那个黑杰克制造的人造人皮诺可（Pinoko）②？我不会做菜，也不会洗衣服，可是凡事都一定认真去做，不管是声音、动作、说话的方式，还有比任何人都喜欢老师这一件事，我都认真到有时自己会觉得不好意思。

唯独有一个缺点，那就是只要人家跟我说他"很忙"、要我独立完成一件事的时候，我就会马上放弃。

有朝一日如果你变成黑杰克那样的医生，就可以治好我这一个毛病，治好我不管过了多久都无法将你遗忘的相思病。

---

① 手冢治虫（1928-1989年）：日本漫画家、动画家、医生、医学博士。代表作《铁臂阿童木》、《怪医黑杰克》、《雷欧》、《火鸟》等。
② 皮诺可：《怪医黑杰克》人物之一。

✈ ....

猫町文夫（29岁）

给十五年前每天早上通勤电车上都坐在我对面位子的你。

你还记得那个时候我们每天搭乘的电车吗？橘色的车身上有绿色的线条，第一节车厢最前面，朝行进方向右侧的三人座位是你的专用席，左侧的两人座位是我的专用席。

我在赤穗铁路支线又看到那令人怀念的车身，令人讶异的是我们的专用席已经变成博爱座，起初有点不满（原本很想坐），但是多亏是博爱座，那两边都没有人，我们的位子好像成了禁止进入的圣域，实在很酷。

你注意到我的存在吗？之所以每天早上都坐你对面的位子，是因为我喜欢你，不知道你有没有发现我的心意，不知道你有没有发现我都固定坐在那个位子上呢？

十五年前、在电车上与你相对而坐的我　敬上

堀田光美（71岁）

你以要去新娘学校学做家事为由辞去工作几个月后，突然到我的宿舍来找我，当年你二十岁，我二十一岁，那是一个春雪绵延的周日。

我们把脚伸进暖炉中，吃着外卖送来的乌龙面，我们一直聊一起工作时的趣事到夜幕低垂才道别。

几年后，我听人家说你在大阪酒店街上班，觉得很懊恼，如果我在暖炉的温暖下能够跟你告白，一切可能就会改变，无法坚持的我却没能说出口。

如今都已经过了五十年了，我都已经七十一岁，阳子，你幸福吗？

堀田光美　敬上

田中修司（21岁）

小幸。

真是令人怀念眷恋，也令人觉得孤单，我叛逆的高中时期，你总是亲手做甜点给吵架吵输而不开心的我吃，小幸，你柔软的唇角沾着奶油，拼命安慰我。

小幸。

你现在在哪里，又在做什么呢？我现在还是以成为一个西点师傅为目标在努力着，我吵架都吵输，可是做糕点的手艺可是打遍天下无敌手的哦！

当时你做给我吃的糕点虽然不好吃，可是你嘴里散发出来的甜味却很棒。

小幸，谢谢你。

茶太（46岁）

今天忠志他妈妈到我家来，据说忠志全家要搬到九州去。这两三天总觉得忠志很冷淡，因为觉得怪怪的，所以私底下很担心他。我们总是在一起，所以我很难想象不能再跟忠志讲话的日子会变成什么样。

下次妈妈不在家的时候，如果我又忘了带钥匙，又该去谁家？你答应要当我网球教练的约定又该怎么办呢？不擅长运动的我在学校举办的马拉松赛中，从最后冲到第三名的时候，忠志曾夸我"太棒了"，马拉松赛的痛苦瞬间烟消云散，让我兴奋不已的是忠志魔法般的笑容。

当时感动不已的我，连句谢谢也不敢对你说，我一直都很后悔。

其实我很想跟你说"不要到什么九州去啦"，可是就是说不出口，我觉得从此以后我要自己一个人去上学的那段路，会变得很长很长。

还书日期已过

记忆中的植物图鉴

松本佳子（23岁）

你

在内心深处，没有人知道的图书馆，
我打开"你"这一本书，
书中有一片森林，然后你在森林中，
身旁有位笑脸迎人的少女，
两人原本过着幸福的生活。
可是因为命运的作弄，
让他们在森林中走丢，
少女一直在找你，
然后不知不觉走到一间小图书馆，
少女打开"你"这一本书，
里面有她跟你的回忆，
少女这才发现已经过了好几个寒暑。
没错，那个哀伤的少女就是我，
为什么那个时候我要放开你的手？
为什么不盯紧你？
为什么不能坦然面对？
为什么没有跟你说我爱你？
我这才惊觉"你"已经结束，

然后我叫出声来,
　"我爱你",声音却马上消失。
少女并没有把已过还书日的"你"归还图书馆。

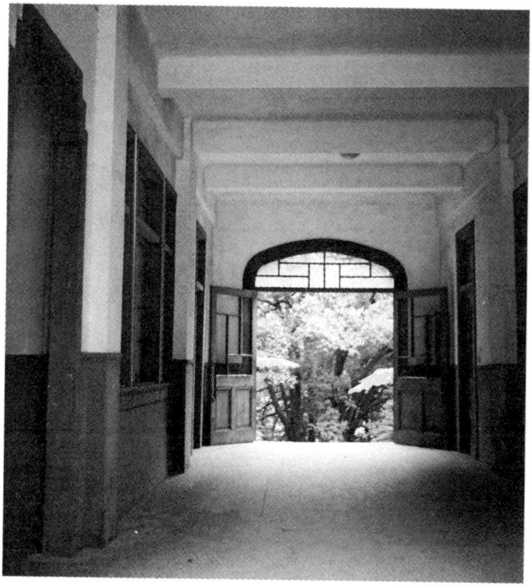

中山实南子（33岁）

如今想来，那个时候发生的事，实在太令人无法置信了。

你无心的话语，对我而言，却犹如天上掉下来的礼物一般，后来我数度想起那个交谈画面，想到出神。

感觉上跟我在一起生活的丈夫跟孩子，都变得很虚幻，尽管明白想你又有何用，就是忍不住会沉浸在想你的情绪中。

那一天风很大，我背对着很高兴把风筝放得老高的丈夫跟儿子，朝海边走过去，傍晚的天空被染成橙色，看起来拖得很长的云层，慢慢地飘流着。

我无奈地望着那些云朵，心想思念如果能随着云朵一起飘走，该有多好。

鸭流水（49岁）

"请务必要替我保密到底。"

我边走在鸭川①河堤上边说道，在社团办公室度过一晚后，走在京都拂晓的街。

"我今天不想回家，请留下来陪我。"

大一的她对我说这样的话，让我内心雀跃不已，可是我在房内却一刻都不得合眼，或许是身为委员长的责任感，以及是教育研究会成员的关系吧，我只敢那样静静地盯着她的睡脸看。

我们交往的那一年中，也曾发生过那样的状况，青春这个字眼还真是令人怀念。当年我一片挚诚地爱着她，她离开时带给我的打击，还有大家对我的言语挞伐，我被迫离开社团，也没去上课，整天在京都街道上流浪。

我花了五年才从大学毕业，如今却已成追忆。

没能信守约定，请你一定要原谅我。如今都已经过了三十年了，我都已经四十九岁了，如果她还在人世间，应该也四十八岁了，我真的无法想象如果你还活着，已经变成什么样子了。

---

① 鸭川：日本京都市内最美丽的一条河，京都人最重要的一条休闲大道。鸭川河水清浅，岸边杨柳依依，岸边情侣成群，所以也由情侣河之称。

櫻井美贵子（38岁）

Forget me not（勿忘我）

最后一次见到你，距今已经十六年。

这十六年来你都是怎么过的呢？

曾经想起过我吗？

想起我的时候，有没有发现你已经不再把我当作比你小一届的学弟，而把我当成一个堂堂正正的男子汉呢？

至今我还一直在内心某个角落寻找你的踪影。

每次到你居住的镇上去，都想会不会偶然遇到你，我不是故意要套用以前流行过的New Musical歌曲歌词的。不过我就是会想万一自己不小心穿了双廉价的鞋子，万一自己的单眼皮看起来浮肿怎么办？

不知道这样天马行空的思念，你感觉到了吗？

不知道老天爷会不会赐给我"偶然"这样礼物。

春（26岁）

"我喜欢你那又大又有骨感的指头。"

头发老是乱成一团，兴趣是打麻将，看起来很不开朗，服装也尽是一些磨破的牛仔裤，每当人家问我喜欢你哪一点的时候，我通常会这样回答。

我总是正眼也不敢看你一眼，话也不敢讲半句，拼命地听着你说话，可是因为我眼睛不是很好，所以每次都认真地听到眉头皱在一起。你每次都会问我说是不是在生气，很抱歉我都答不上来，因为我很喜欢你，喜欢到心会揪紧而发痛，心痛到说话都变得不流畅。

其实跟你把话说清楚就好了嘛？跟你把话说清楚就可以了呀！

我喜欢你不苟言笑的样子，看起来一点也不亲切，可是正因为你的表情够真诚，所以我才会喜欢上你，我喜欢你不撒谎的表情，而且甚至到了嫉妒的地步。

就算我们还有机会碰面，也已经没办法跟你说，我将一生活在后悔中，而且沉痛地确定自己有多爱你。

我常为你怦然心动，明明没办法送给你，却还是为你准备了巧克力，当时我们都还小，可是我却很想碰触你的手。

希望你能幸福，希望你现在还是老样子，希望有其他的女人可以真正了解你，然后好好珍惜你。

也希望我的他可以出现。

早乙女隆史（28岁）

五年前我谈了一场轰轰烈烈的恋爱，对方是我在出版社上班时认识的女孩子，因为我们在不同单位上班，所以我从不曾跟她说过话。坦白说是我单恋她，感觉上我们之间的空间只容得下一台脚踏车而已，连我自己都不敢想象，自己过了二十岁竟然还会有这种让人失眠的恋爱。

笔记中写的是她的名字，想的是她，莫名地为她忐忑不安，心跳加速，然后突然传来这样的一个消息，说是她要办理提早退休。

这下子我急了，心想一定要尽快跟她表达自己的心意才可以，当晚我写了一封信，写了又撕，撕了又写。

隔天心想无论如何都要把那封信交给她才可以，便假称生病提早离开公司去等她，然后她走了过来，我开口叫住她，她停下脚步回过头来看我，在距离我非常近的地方——可是我却没办法将信交给她，因为我无法克服自己的心理障碍，我生怕会受到伤害。

茧（26岁）

又高大又温柔的哥哥

我高中的时候，哥哥到我家来报喜讯。
"我要结婚了。"
我笑着跟你说"恭喜你，哥"，可是心里却完全不是那么想的。
然后哥哥像是很开心地笑着说，
"谢谢。"
我心一紧，哭了出来。

我最爱的哥哥，愿你一辈子幸福。

久保谷阳一郎（51岁）

跟我分手三年后，嫁给木材行老板的你，打电话到我上班的地方找我。

刚好我不在座位上，所以没有接到你的电话。当同事跟我说你打电话给我的时候，我的胸口像是要爆炸一般。

我还无法把你遗忘，你那一通电话算什么嘛，你那个时候是不是也在赌我会不会接电话？一想到这里，就算已经过了十年了，我的内心还是满满的无可奈何。

星川千里（57岁）

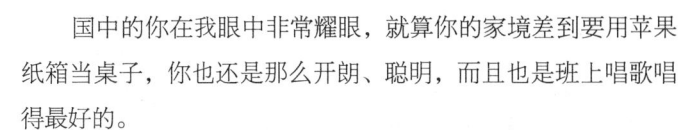

国中的你在我眼中非常耀眼，就算你的家境差到要用苹果纸箱当桌子，你也还是那么开朗、聪明，而且也是班上唱歌唱得最好的。

"你妈可以常在家陪你真好。"

你到我家来玩的时候，这样跟我说过，可是我却觉得你那什么都难不倒的能耐才真叫人羡慕。

因为常吃苦，所以你也比较成熟，我原本应该由衷地敬佩你才对，却因为我无心的一句话，伤害了你。

那是我有生以来收到的第一封绝交信，用红笔写的字，像是在花底稿的信纸上哭泣似的。

在无法跟你说一句抱歉的情况下我家就搬家了，我们就这样在不知道对方联络住址的情况下过了四十年。

如果可以，希望能再见你一面，为当年的事向你道歉，四十年来一直挂在心上的事，如今依然是我记忆的荆棘，锐利地刺穿我的回忆。

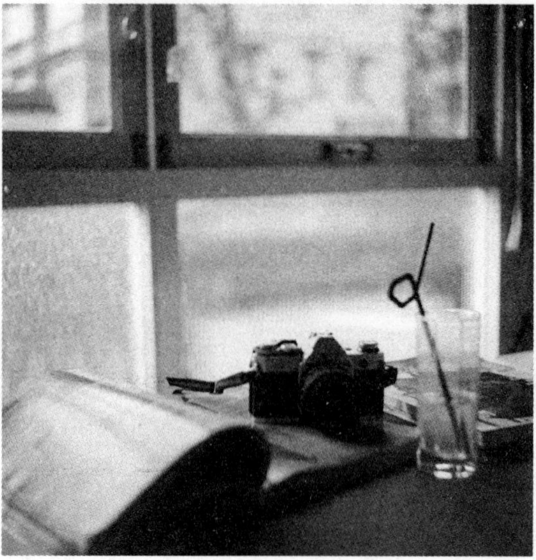

城户纯哉（34岁）

敬启者

好久不见，你好吗？写这封你不会看的信对我来说很痛苦。

岁月如梭，我们都已经三十四岁了，搞不好你已经忘记我叫什么名字。

那是我们国二，十四岁时发生的事情，你突然跟我说希望跟我交往，害我涨红了脸，然后到现在都还记得自己是这样回你话的。

"对不起，我有喜欢的人了……"

如今想来还会觉得很心痛，我明明喜欢的只有眼前的你而已，却因为胆小而拒绝了你。

春季到来以后，你便转学了。

后来不知道自己哭过多少回，对你的思念如大河溃堤，一发不可收拾，我想跟你说的是，当时我喜欢的人就只有你而已。

MIYUKY（21岁）

给阿部的一封信

我一直很喜欢你。
五月我就要结婚了，
我并不后悔自己没有向你表达我的心意，
不过我常想高三那一年，
如果我跟你表达自己的心意的话，或许后来的人生会有一些不同。

现在我很幸福，
你呢？跟当年的女友交往顺利吗？
我想借着写这一封信，将对你的"喜欢"，
尘封到我的回忆中。
很抱歉这么自私，我竟然跟你说抱歉（笑）。
你是我的第一个男性朋友，
问你考试考得怎样，然后一起走过走廊，
对我而言是最棒的回忆。

谢谢你。

如今想来，不禁想你是不是我梦寐以求的对象呢？

校庆话剧，很感谢你站在最前面那排看我表演，
即使是在演戏，我的心也一直跳个不停，
后来你跟我说表演得很棒，还一起去看大鼓演奏，
你还记得吗？
如果我曾在你的回忆中稍做停留该有多好。

最后希望你能够一生永远幸福，
我也能够和对我说一辈子爱我的他，一辈子幸福。

Best friend（40岁）

我的单相思历史自国小开始，
爱上过好几个人，几度陷入爱情的漩涡，
不过还是会常常想起你。
正在考虑离婚时的巧遇……
因你的温柔对待，让我对你的思念更为加深，
你有时候会温柔到让我产生错觉，
虽然我一直刻意跟你保持"青梅竹马"的距离感，
你却一直支撑着走投无路的我。
当时你的体温真的很温暖，
当时我好幸福，虽然时间短暂，能再与你重逢，
我真的觉得很幸福，
对我而言，或许因为有那段时间，才有现在的我。

虽然时间很短，不过可以跟最爱的你一起生活，真的很幸福，
我内心充满了无法用言语形容的"感激"之情，
谢谢你，谢谢你，谢谢你，
因为爱你，所以希望你能幸福。

谢谢你，
然后该是道别的时候了？

Mikin（31岁）

T・T先生

昨晚我梦见被走路很快的你紧握着手，用力地拉着往前走。
感觉像是没有目的地，我们两个就那样往前走去。
早上在幸福的情绪中醒来。
决定要放弃你，刚做完那种梦，就做这种决定，真的很讽刺。
周五情人节的晚上，总是加班加到很晚的你，
坐在我斜对面的位子上，不敢正眼看我。
我目送着你匆忙离开的身影。
剩下的是包包里面那个特别的巧克力，
还有懦弱的不敢追上去的我。
一开始只要你不主动伸出手，我就不敢往前跨出步伐，
真的跟小孩没两样。
我想将爱你却不敢表达的心意，跟巧克力一起封存在小箱中，
等到我敢跟你并肩而行后再拿出来。

橘野哑（32岁）

就只有那么一次而已，那天我们共骑一部单车，你还记得吗？
当时我不敢将你抱住，
只要一想到你是有妇之夫，我就怎么也不敢碰你一下，
所以我只能紧紧地抓住脚踏车。
十二年前我乘着风跟你驰骋在傍晚街道上，
我们是上司跟下属的关系，
可是年龄的差距上我们形同父女，
那真的是一种爱恋吗？
如今全部成为追忆。
为我非常尊敬的你，
而写了这一封你收不到的情书，
只想跟你说一句谢谢你。

茉莉花（38岁）

"我怀孕了，但现在还不想要，所以想拿掉。"
已经敲定婚期，可是因为不想跟我的他还有家人说，
又想找人谈一谈，于是便打电话给视为好友的你。
你劝我再考虑看看，便挂上电话。
然后等挂上电话后，我才想到……
你几个月前才刚流产。
对不起，因为满脑子都在想自己的事，所以没有想到你的痛苦，
跟伤口尚未愈合的你谈这种事，我真是该死。
可是因为我心想如果跟你道歉，你的伤口可能会扩大，
所以不敢跟你道歉。
我私下祈求你能幸福，
照你说的将上天赐予我的孩子好好养大，当作对你最好的报偿。
如今都已经过了十二年，我的宝贝女儿也已经十一岁。
那个时候如果没有打电话给你，
我们家的长女也不会来到这个人世间。
我竟然想做那种如今想来都觉得可怕的事。
谢谢你，谢谢你，我由衷地谢谢你，我如沐春风，写下这一封信。
给后来被比我多一个孩子包围、过着幸福日子的你。
你让我知道生命的重要，你永远的好友敬上。

小波（24岁）

后悔也无济于事，真的。
我曾经那么想跟你结婚，
那么想一直在你身边，
明知道困难重重，
可是我却没想过再努力看看，早早便决定放弃，
因为我一直以为你大概不会选我。
冠冕堂皇地跟你说我不会放弃，会努力加油，
其实却很痛苦，
对不起，
我原想放弃，却无法放弃，
因为我真的很喜欢你，
无可救药地喜欢你。
最近好不容易才敢翻阅以前的邮件、信件，
你真的对我很好，
嗯，你真的认真地爱过我，
当我发现这些的时候，内心很温暖。
谢谢你，
很高兴自己喜欢过你，
能跟你一起度过那些时光，真的太棒了，
我真的很幸福，

所以已经没有关系了。
你一定要幸福哦,
不要再劈腿了哦!
我也会过着幸福的日子给你看,
我们来比比看,谁会比较幸福,
这一次我绝对不会输你。
珍重再见。

樱绘美（27岁）

那是我初尝失恋滋味的一个寒冷的下雪天。一开始我觉得他是个爱管闲事的家伙，我们同班又同一个社团，因为喜欢上他的关系，我每天都追着他的身影跑。然后忽然不敢再跟他说话，像是被铁链绑住那样，什么事都没办法做，像是被他施了魔法一样。

运动会中，虽然从他那儿拿到缠头巾，却不敢对他说"帮我缠头巾"，而拜托朋友去说，心想情人节是最后的机会，绝对要趁那个时候把情书拿给他。

他的举止从情人节三天前就很奇怪，这种内心小鹿乱撞的感觉让人很受不了，然后在情人节前一天事情发生了。我的好朋友A子向我坦白说"抱歉，我喜欢上他了，对不起"，我马上意会到应该是他对A子告白了，没有错，一定是那样。

我一笑置之跟她说"是吗？你不用跟我道歉"，用平静的表情逞强地说道"我早就有感觉了"，绝对不能哭。入夜我在校园的庭园一角，挖了好大好大一个洞，将我写给他的情书、还有他给我的缠头巾、他的照片，跟所有他的回忆全部埋进去。仰望天空才发现已经下起大雪，我竟然不觉得冷。

级任老师从身后，用温柔的声音问我："怎么了？发生什么事了？"我跟老师说"老师，雪好白哦"，泪水便控制不住流了下来。

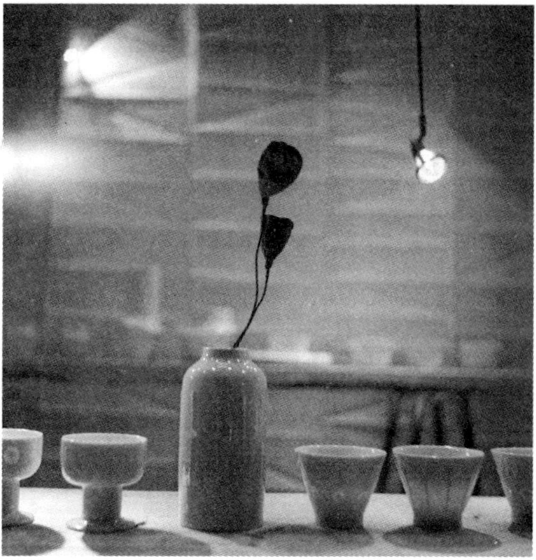

老师静静地待在我身边,什么话也没有说,我写着"喜欢你"的那封情书,一定还在土中长眠。

小雄（22岁）

我一直渴望有一个会对我很好，
让我可以依靠，
风趣、会斥责我、会鼓励我的哥哥。
对我而言，你就是最理想的哥哥。
可是那一天哥哥突然跟我说，
已经有了心爱的人，
那个时候我真的很心痛。

我喜欢你摸我的头，
你叫我的名字，我就会很高兴，
光和你在一起，就觉得很快乐。

我一直将对哥哥的心意藏在心中，
我很喜欢你，
可是又怕被你知道我真正的心意。
这个时候才可以坦然面对我们的关系，真是讽刺，
当时我面带笑容吗？

最后我希望再对你说一句真心话，
可以像以前一样以"妹妹"的身份待在你身边吗？

因为我,
也很喜欢被我当"哥哥"看的你。

三井真由子（25岁）

早上走在草地上闭上眼睛，每次一想到你，就不禁要闭上眼睛。

闭上眼睛让我觉得你像是在我身边，然后你和我的手会轻轻碰触到那样，我闭上眼睛走了三步左右，然后停下脚步，慢慢睁开眼睛，视线前方是盛开的粉红色花朵，啊，这种花叫什么名字呢？我心想得到镇上去买一本植物图鉴回来查一查才可以。

为什么呀，因为我这才发现这个时节，草地上有各种植物，因为想多了解自己走过的路才又走到这里。

我马上就要走出这条路，你将风吹进我心中，我感受到你吹来的风，以后我会勇往直前，谢谢你。

大场叶月（27岁）

圣诞节到来，嗯，你看，开始下雪了，是一个白色圣诞节耶！昨天跟今天白天，天气都那么晴朗，真的有很大的变化，这种雪景中大概上演了很多其他人的剧情。

可我终究没能当上主角。

我数度向老天爷祈求说"我会当个好孩子"，可是你却都没有打电话给我，我已经被搞糊涂了。我受伤的心还很沉重，无法振作，因为实在跟过去那段幸福的夏日差太多了。

虽然这不是我有生以来遇到的第一件伤心事，可是我真的不知道该怎么振作起来，到现在我还是很喜欢你。

至少请你不要忘了喜欢拨弄我头发的那一个习惯，你夸过我的小眼睛，每次一想起你，我就不禁要轻轻叹息。

后会有期了，我最爱的人呀！

金光保嘉（72岁）

真是一封令人不敢置信的信，让我既惊讶又感动，身体颤抖个不停。九年前京都一别后，我没有一刻忘记过你。

京都的一夜之爱，赐给我毕生无与伦比的珍宝，他现在小学三年级，名字叫作"孝治"，我沿用了你的名字。

跟孝治一起生活，像有你在身边，让我觉得很满足的每一天，我原本不打算跟你说的，最后却还是跟你坦白了。

可是究竟该不该把这封信寄给你的想法，在我心中激起阵阵涟漪，我无法压抑自己想再见你一面的冲动，然后像那夜那样，让自己的身心都融化在你温柔中。

可是另一方面，想与我珍藏得很好、只属于我一个人的珍宝，一起活在回忆中的想法也影响着我，让我的心摇摆不定。

藤森敬一（49岁）

对小我两轮的女孩说 I love you

不表达出来，似乎没办法开始，所以我只写下"I love you"，或许要主动开口说这些肉麻的话让我觉得很犹豫。想到她小我二十四岁这一事实，不禁想着，对我这种已婚人士而言，她的年龄都快可以当我的女儿了，难怪爱作弄人的朋友还消遣我说这是犯罪行为。

我一直都认为我们前途堪虑，虽然说光想是不会有开始的，可是还是禁不住地担心自己，还有家人、人生等将来会起什么样的变化。我常自问自答自己是为了填补失去母亲后的空虚，才会跟她在一起的，有时候却会骂自己说，自己是不是想在爱与自己撒娇的人包围下，过为所欲为的生活。

看着她的大眼睛，似乎能在她的眼眸深处看到自己，我们两个人坐在放风筝的地方，看着同一个方向，并不是什么美丽的情境，也不是一个适合跟大大咧咧开朗的她表达的情境，只好再寄情在那一句"I love you"。

吉松诱佑（23岁）

给利惠的一封信

樱花纷飞的季节，我跟她维持三年的恋情也飞走了。
我入伍后被分到鹿儿岛①去，我们每天通电话、邮件。
我至今还忘不了你用颤抖的声音对我说
"我好孤单哦，好想见你"。
有多少次我因为那样想冲到你身边去呢？
如果我们继续下去，会变成怎样呢？
如今我终于说得出口……
对不起。
谢谢你，谢谢你。

---

① 鹿儿岛：日本九州最南端的县，拥有各种特色岛屿、火山、森林、温泉等，是日本为数不多的观光县之一，日本古代文化发源地之一。

宫坂贵（24岁）

今天是一个雨天，一个让人忧郁的雨天。
你离开我已经八个月了，
至今我的记忆还是一样鲜明。
你通透白皙美丽的皮肤，
你高挺自负的鼻梁，
然后你那一双常常可以窥探到哀愁的双眸，
我想将你的全部，
你的全部都据为己有。
就算这一个世界会消失，就算我明知道那是不可能的事，
我还是想将你据为己有。
再见，再见，我心爱的女孩，
我已经无法再跟你见面，
一直到死，不，就算死了也见不到。
留给我的只有，留给我的只有，
那个酷热的夏日刹那回忆。
再见，再见，我心爱的女孩，
你在遥远的北方在想些什么呢？
我会将跟你一起度过的那个酷夏，
当作我青春记忆的一页，

永远永远地珍藏在我的心中,
再会!

尾崎淑久（27岁）

我变成一个适合你的男人！
我对自己有自信的时候，
我听人家说，
你的名字已经变了，
如此一来，
自信不是只显得更碍事？
对你的爱，
既然不曾开始，
又哪来的结束？
我不求回顾，
只想化为永远的爱，
祝福你！
我一直一直很喜欢你，
很喜欢，学姊，
恭喜你，
祝你幸福！

高桥幸子（74岁）

不知道你过得可好？我为自己这么久以来，久到让人几乎记不清楚的岁月，没能信守对你的诺言，而真心地向你致歉。

分别的最后那一夜，我们立誓要再相逢，却一直到如今都未能信守誓言。阿笃你撤退后不久，医院所有的人都在最后一批撤退时全部回国了，因为中途还带着病患，所以我们尝到了各种苦头。因为从中学会体谅别人的道理，所以我认为那是很棒的体验，为自己可以体验那样的生活而感到很高兴。

分别的最后那一夜，我对你说：

"我把自己托付给你，我会等你。"

还记得说出这些话后，我们第一次颤抖地握手。

可是当时我们两个都还在念书，而且阿笃你将来要当医生的，所以我决定不对你说我要回国的事。

要让自己停止对你的思念很辛苦，每天一想到在等我的阿笃，就觉得很对不起你，谢谢你带给我这么棒的初恋。

我用这封没办法寄给你的信，向你表达我的歉意与感谢，也希望藉此和自己的过去话别。

无法践行的约定

你现在幸福吗?

川岛轮太郎（40岁）

你好吗？

有没有感冒呢？

是不是还像以前那样依然开朗地加着油呢？

你现在幸福吗？

你会哭泣吗？

因为你是一个坚强的人，

所以有没有拼过头了呢？

你现在应该是一位为家事、照顾小孩奔忙的美丽妈妈才对，

你现在幸福吗？

有没有什么烦恼？

爱你的孩子应该很需要你，

爱你的家人有跟你一起谈笑吧！

爱你的好朋友们都在遥远的这一边为你加油。

花鼠子

前后长达约四十年的未婚生涯，连一场恋爱也没有谈过，是一个很丢脸的瑕疵品。

最常听人家对我说的是"宇宙无敌丑女"这个名词，总是受尽人家的嘲弄。给我最后一个重击的是我成年后第一次去上班的好几个男同事，他们粗暴地对我说"光看到你那一张丑脸，就会让我生气"。最后还撂下这一句说是他们给我的忠告的重话，"像你这种奇丑无比、一无是处的女人，如果喜欢上男人，只会对那个男人带来困扰，给对方找碴儿，只能算是一种犯罪行为"。

自从那一件事以后，我虽然并不是要照他们的"忠告"做，可是我却在精神方面完全封闭自己。我不怪任何人，都怪自己完全不曾努力改造自己，连个性都跟最差劲的丑女一样，都怪我自己太懒。

第二次职场有一个年龄与我父亲相仿的单身上司，我叫他的名字的时候，他竟然会从隔壁的位子回话说："你说什么？"不管再怎么忙他都会回答，那本来就是应该的，可是我却因为这样就高兴得不得了。因为这样的关系让我感到安心，不管有没有事，我一天都会叫好几次他的名字，不知道是想跟他撒娇，还是想要依赖他。虽然说是职场，如今忆起自己的幼稚，都让我脸红到不行。

据说他私下很替我担心，后来我听人家说他曾经因为我，去跟外面和我的工作有关联的人低头拜托。

以前那些男同事不是挖苦我，就是欺负我，有意无意拿我当他们开玩笑的话题。

当然我什么话也不会说，应该根本没办法说些什么，可是却让我养成了忍不住会怀疑对方即使没有说出像"稍微对她们好一点，她们就会误会，所以说丑女人最麻烦"这样的话，心中其实一定认为我很麻烦的习惯。

因为精神上也不成熟的关系——我真的是个无可救药的人，所以我觉得没办法继续那一份工作。辞掉那份工作时，用硬挤出来的颤抖声音在主管耳边跟他道谢，我连续说了两遍，可是那位主管一开始并没有回话，也没有抬头看我一眼，他应该有听到的，却……。就这样离开后，我们已经有十多年没碰面了。

他应该已经年近六十岁了吧？他原本身体孱弱，可是我听人家说他还在那里工作，所以应该过得很好吧。

事到如今，唉，就算见了面，也没办法再说些什么。我是一个不管到多大、都卑躬屈膝到不行的人，不管是对内或是对外都没有自信的可怜虫。

不过我有一个祈望。

希望他可以长命百岁，可以过得很好，而且一定要很幸福。

我朝那位主管所在的街道方向，低下头在心中跟他说了句"谢谢你"。

真的很抱歉，我坦白跟你说，我还是很想你，这样对你坦白有没有关系？

事隔这么久，我想用全身力量大声地叫出你的名字，你不看着我的脸也没关系，只希望你对我说那一句话，其他的我不敢奢望，希望你像以前那样回我一句，"你说什么？"

网（17岁）

您好吗？每年一感受到这份寒意，我就会想起您，而觉得心很痛。如今想来我们已经有六年没碰过面了，您究竟在哪里？过着什么样的日子呢？当时我小学五年级，最后我们擦身而过的家门前，您问我："你好吗？"我回了一句："嗯！"便逃也似的跑去玩，如今我却因为没能再见到您，而懊恼不已。

上学期结业式后，回家看到家具被搬走而外露、看起来还很新的榻榻米，到现在还记忆犹新。

后来的岁月中，我曾无数次捶打墙壁，当我内心受伤或觉得痛苦的时候，就会拿您跟我说过的话"你是我的最佳拍档，我一定会守护你，所以你放心"，来激励自己度过每一天。

我因为想见您，有无数个晚上哭湿了枕头，不知道丢过多少封没办法寄给您的信。我很想见您一面，可是却找不到话对您说，不过有一句话，在我们死别之前，我一定要跟您说：

"谢谢！"

就算我们一家四分五裂，没办法住在一个屋檐下，您永远是我的父亲，所以您也要一直当我是您的女儿。

请永远保重。

杉田和香（38岁）

"你是一个让别人为你做什么以后，肯定会十倍奉还人家人情的人，其实你大可不必那样。"

你这样对我说的时候，我这才发现自己一直没有发现的本质，因为这个关系后来让我活得很自在。

然后不久我们陷入热恋，如果能排除你已是有妇之夫的身份，我们度过一段非常有意义的时光，当时非常幸福。

可是那样不实际的恋情没办法一直持续下去。

我主动跟你提出分手的时候，你提议的约定，我从来都没有信守过，请你原谅我。

你提议以不强制的方式，我们每年在同一天同一时间，在我们最值得回忆的地方再碰一次面。

因为如今已有让我无法信守这个约定的家人了。

所以请你务必体谅我的立场。

然而，你每年都在那个地方等我吗？

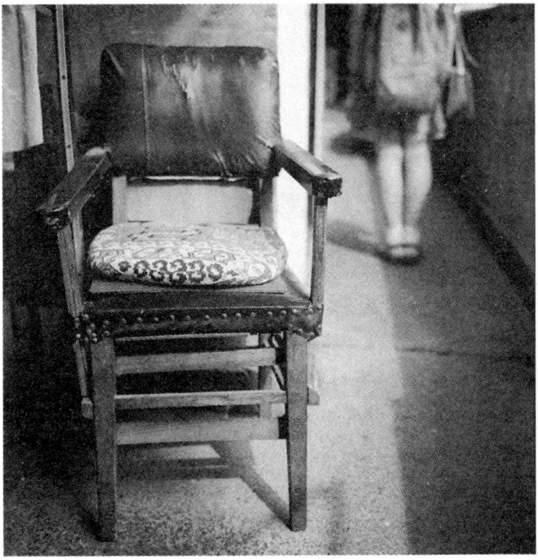

明日生子（55岁）

你好吗？我未能向你表达我的心意都已经过了三十年了，我也已经结婚了。我要用这封信做第一封，也是最后一封情书寄给你。

我曾经深爱着你，或许现在也还爱着。你曾经向我求婚说"我们结婚吧"，在细雪纷飞的步道桥上求婚，虽然不是什么罗曼蒂克的地点，可是却像电影场景那么棒。

当时，为什么我会跟你分手呢？

我每天都想再见你一面，再见你一面。

如果她不是我的朋友，我就跟你结婚了，对于只能夺人所爱的自己，我感到很懊悔。我已经这把年纪，应该和美丽的过去挥别，然后与长得和你很像的老公共度每一个明天。

能够爱上你，让我觉得很棒。

谢谢你。

美羽（34岁）

给我所爱的人的一封信

"我是为了要与你邂逅才来到这个人世间的。"

任我求也求不到的爱情，
痛苦、懊恼、贯穿内心的激情、悲伤的眼泪，
然后还有过去的一切一切，
我确信那是为了要与你邂逅的考验。
我觉得自己能来到这个人世间真的太棒了，
心与心的结合，不用言语也能够沟通，
远远地守护你，想着你，为你祈祷，
是我现在能做的全部。
今后也一定要感谢你，对我无所求，让我了解爱的幸福，
还有让我们邂逅的缘分，以后的人生让我们全力以赴。

小秋（30岁）

你以为是"情书"的那封信，
其实是"分手的信"，
内容几乎只有一个"不行"！
看了保准你会讨厌我。
我到住得很远的你家，
可是却没见到你，将信夹在车子的雨刷上。
入夜后你打电话过来，
"那封情书被风吹走了，我跑去追，可是情书……"
然后跟我说了一句"算了"，便笑了起来。
收不到的情书，
收不到也好，那是一封分手的信，
我一定要感谢当时的那一阵"风"，
因为你没有收到，才有现在的幸福嘛！

镰仓菊坊（28岁）

我变坚强了。
我变温柔了。
也已经可以让人依靠了。

这全都是你的功劳。

现在的我已经有自信跟你说："我们结婚吧！"
却为何一定要分手，你应该还没发现吧。
我那么喜欢你，那么希望给你幸福。

我们两个人最后交换的约定是"不再联络"，
如今偶尔还会想起那个约定。
手表上的11:08，让我想起你的生日，
坐在电车中看到手牵手的情侣，就会想起你。
并非对你还有依恋，你的联络住址和电话我已经丢掉，
你留给我的只有回忆与感谢。

你现在幸福吗？
我正在追寻幸福，拼命地追寻着，
然后我祈求，

你能够幸福!
回忆不会消失,我觉得那样也没关系,
因为相恋的当时我真的很快乐,我真的很喜欢你,
谢谢你面对最真的我。

Happy Birthday（39岁）

我写了一封上面写着"我要做妈妈了"的信给你，如今我还是不后悔，因为我没办法对你撒谎。你马上跑过来看我，对我说"恭喜你，以后你身体里面还有一个孩子，可千万不要像以前那样太劳累"，然后还笑着跟我握手。

可是后来你寄给我的信上竟然写道，看了我写给你的信，你深受打击，没办法集中精神在大学的实习上。说就算只见一眼也没关系，你想见我一面，见到我后看到我像是很幸福的表情，你才能安心做事。果然是很有你的特色的一封信。

自我们懂事以来，我们老是混在一起，就算我没说，你也能够了解我的想法，虽然有时会吵架，有时会觉得很喜欢你，有时却觉得你很讨厌，可是如今我更加深刻地体会到你对我的重要。

至今我还珍藏着你十五岁那年写给我的诗，你第一次帮我拍的照片也还留着，那个时候生下的孩子，没错，已经跟照片中的你年龄相仿，十五岁了。

岁月不饶人。

现在还会出现在我梦中的你穿着学生服，心目中的你一直停留在穿制服的阶段。

　　对不起，然后也谢谢你，我希望有一天我能够对你说那些不敢对你说的话。

可怜（30岁）

"不要走！"

我究竟做过几次相同的梦呢？

父亲丢下我们离开的那一天……

看着每天以泪洗面的妈妈长大的我。

我憎恨让母亲陷入不幸的无底深渊的父亲，发誓绝不原谅您。
可是越憎恨，却让我对您的思念越加剧。

爸，我很喜欢您，真的，真的。
我很喜欢您，
如今我也还很思念无法见面的父亲，而且会一直思念下去。

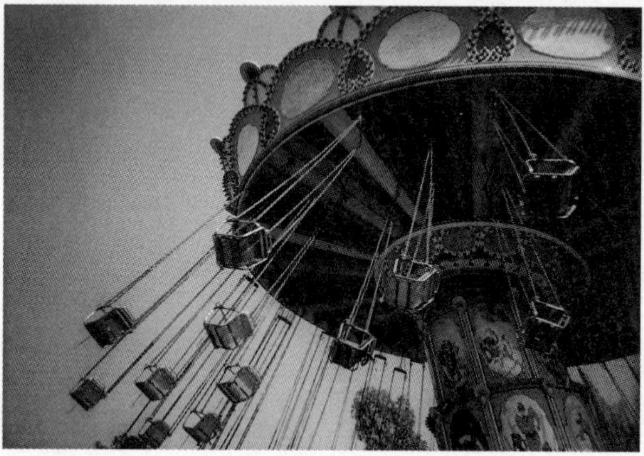

优子（36岁）

您好吗？用敬语问候您，让我觉得有些紧张。

跟您分开生活都已经十年了。

跟您分手三年后，我决定把绝不去想您当成我每天努力的目标，可是却不知不觉又回到甚至忘记自己曾立下这个目标的那一天。

您现在已经跟您最爱的妻子，您孩子的母亲，过着幸福的日子，所以有时候我不禁想她和我深爱的您正在做什么呢？我希望您能跟我一样，跟最爱的人过着幸福的日子。

现在这个世界非常方便，利用网络去搜索人名，可以得到一些情报。我数度更换搜索引擎，输入您的名字，用我知道的有限渠道去搜寻关于您的信息，却总是找不到有关您的消息。

愿您还有您的家人可以过着健康幸福的日子。

石塚绫（32岁）

你的缺点应该可以用一百张稿纸写完，
你究竟是一个多没用的男人，花上两个小时应该可以说得完。
通电话吵完架后，总是乱丢的手机上面全部都是刮痕，
可是只要手机传来《天堂电影院》主题曲，
伤痕累累的手机看起来就像透着红光的洋酒杯那样。
现在我的手机换了，上面一点伤痕也没有，
因为没有加入你的电话号码，所以《天堂电影院》自然不会响起。
我已经不会觉得孤单，好不容易习惯视没有你的电话为理所当然，
我真的是好不容易才习惯的。
今天早上偶然拿因为便宜而买来的洗衣粉用时，
竟然闻到靠近你时常闻到的衣服气味，
冬天天气很冷，在车上闻到的那一个味道，接着，
我想起你身上比暖炉还要暖的体温，
可是我却若无其事地继续晾衣服，事到如今我更不能哭，
事到如今我更不能对你说，我比任何人都要爱你。

YUKI（23岁）

谢谢你选我，
谢谢你一直和我在一起，
谢谢你给我满满的爱。

谢谢你跟我分手。

邂逅的那一瞬间我觉得我们的相遇是命运的安排，
当时一股暖流袭身，一阵酥麻，
可是没想到那会是一个错误的结合，
我没办法邂逅对的人，
在不应该邂逅的时候邂逅了你。

破坏了很多东西，
伤害了很多人。

可是就算是那样，我也觉得很幸福，
我很喜欢你，
我曾经爱着你。

谢谢你跟我分手,
可是当时却没办法坦然对你说这些话。

✉ ················

Eser（25岁）

你马上要去服兵役。

"一想到要离开你，我就睡不着。"

"如果我回不来，怎么办？如果我断手断脚了怎么办？"

每当我觉得孤单的时候，你就会不厌其烦地对我重复信任的重要性，

这次你却第一次让我看到你脆弱的一面。

我会等你，

你一定要回来。

就算你断手断脚，只要你的心还在，就回到我身边来，

为了要让我活下去，你一定要回来。

我相信你，

现在的痛苦，是迈向将来幸福的必经途径……

我相信你，

全世界超过六十亿的男女中，我们能够超越距离、文化而邂逅，

我们一定有属于我们的未来。

我相信你。

荣子（32岁）

Ms. bitch荣子

我到现在还是无可救药地喜欢着你，可惜我们今生已无法交谈了……。我知道因为"闰年很值得纪念"，所以你跟交往两年的女孩，决定要结婚了。

可是即便那样，你常常让我感受到的温柔对待，还是让我想将你据为己有，所以随着你们婚期的接近，我对你的依恋却变得丑恶到让人感到悲哀。

被认为是嫉妒造成的冷漠态度，让我变成一个让我人生中最重要的男人觉得不快的女人，其实你并不值得我这样对你。

对不起，没能坦然祝福你。

真的很对不起。

香津纱（27岁）

现在你幸福吗？

幸福到已经让你忘了跟我一起度过的那七年岁月了吗？

我现在在遥远、你不知道的地方，一个人望着湛蓝广阔的大海，思念着你。

那个时候，不管何时，不管是我快乐的时候，或是难过的时候，阿铊都会陪在我身边。

如今记忆中的那个你依然支撑着我的心。

在我的内心深处，当时像是很幸福的你总是会笑着对很颓丧的我说"加油喽"。

可是如今已经无法见到你，我常一个人望着湛蓝广阔的大海，让在我内心深处的你来鼓励我。

如果这样的我，能够偶然地在某时某地看到你当时让我看到的那个幸福的表情，该有多好。

在遥远的这个地方，就算只有一个人，这次我有没有办法不哭泣，独自看着湛蓝广阔的大海呢？

然后我要到什么时候才能忘掉会望着海哭的自己，过着幸福的日子呢？

森绿（55岁）

只要再一次就可以……

我目前单身，单身后想到的是你，都已经二十年，不，近三十年前的事了。这样一个人终老，我不会觉得孤单，只是要叫现在五十多岁的我放弃作为一个女人的权利生活下去，总让人觉得像是少了点什么似的。

现在我想确认自己还是不是一个女人，当我这样想的时候，脑海浮现的人是你，我希望你能做我身为女人的最后一个男人。

就算只有再一次也好，我希望能再跟你共度良宵！跟你再共度一夜后，就算以后要我自己一个人活下去也没关系。

可是现在的我，甚至不知道要怎么做才能再跟你联络得上。你大概已经忘了我了吧，我们都改变太多了，所以就算再相逢，恐怕也不认得对方了吧。像现在这样与你分隔两地，然后一直思念着你会不会比较幸福呢？

可是我就是想与你再共度良宵。

"光"（25岁）

真正的心意

一想到你，泪水总是会忍不住流了下来。
因为现在无法马上见到你而懊悔痛苦，
我要抓住你，不再让你离开，
我要阻止想回家去的你。
可是因为我不想看到你困扰伤神的表情，
所以现在我要笑着跟你道别，
因为一定还有机会见到你，
所以或许到时候我会狠下心让你伤神，
因为我已经爱你爱到无法压抑自己感情的地步了……

中村真鱼（44岁）

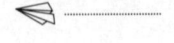

给梦中的你的一封信

我已经很久没有做梦了，每天都在瞬间消逝，没想到前几天你会出现在我的梦中，真的很突然，况且还连续梦到你两晚。

护卫像是被人群压着我的你，有宽阔的胸膛跟一双大手，仰望你的脸，看到的是当时交往的你，认真凝视着前方的侧脸也和以前一样，梦醒后我记得的就只有这么多而已。

我很欣赏你的生活态度，很喜欢你的背影，原本希望能一直望着你的背影走下去，却因为有太多的事情凑在一起，使得就算我爱你，也没办法选择你。但就算最后没有选你，已经尘封的回忆也不曾消失。

事隔这么多年才又梦到你，让我想起你曾是我心目中的超人，不知道你现在还有没有在守护我。明天我要去医院听乳癌检查报告，搞不好要接受手术治疗，希望那个时候你能在梦中再给我勇气。

努先生（33岁）

如果你没有老婆，我大概就可以跟你表白，从你第一次坐我旁边，和我说话那个时候我就爱上你了。我没有对你表达过自己的心意，选择离开那个唯一每天可以见到你的地方。

你听到的消息应该是我提早退休，很值得庆贺，可是其实是再这样每天跟你碰面下去，会让我觉得很痛苦，才会决定离开。我们大概不会再碰面了，可是我还是很喜欢你。

而我现在是孤孤单单一个人。

小弘（34岁）

"一直到能跟你说祝你幸福那一天到来为止。"

以新进员工身份到公司去参观的时候，我希望自己能跟学姐绘梨子分到同一课。能跟绘梨子在同一课，对我而言就像每天都是晴空万里的好天气，所以我做了一百个祈晴娃娃挂在房间阳台上。

当我知道自己和绘梨子被编在同一课的时候，我非常高兴，如果身边有绳索，我可能会攀爬绳索上天去。不过如果真的爬到天上去，不就看不到绘梨子了吗？那就糟了。

每天跟绘梨子交谈的时刻，我的心都扑通扑通地跳，紧张到我在写情书时差点把扑通扑通四个字写错。虽然我在信上称呼她为绘梨子，可其实在我的心中都唤她在公司的绰号绘梨。我当然不敢把这一封信交给已经为人妻、为人母的绘梨子。

我现在还没办法祝她幸福，可是我很期待自己有朝一日可以发自真心地对她说这一句话。

龙智启（49岁）

给姐姐的一封信……

"姐姐，我一直很爱你"，遇到你的时候，你已经是个有未婚夫的女性。我们第一次邂逅是在地方支线的小车站，那时下着小雪，当年穿着学生服、戴着眼镜的我还是高中生；穿着名牌大衣、戴着贝雷帽的你，是大学生。

我清楚地记得，当年你是一个我从没遇过、让人目眩神迷、非常有魅力的女性，你对我说"你跟我死去的弟弟长得好像"。

我们从姐姐跟弟弟的游戏开始，俨然像一阵风的那十几年的往来记忆，对我而言形同宝物一般，女性美好的一面、令人讨厌的一面，幸福、悲痛，你全部让我看到。

你是老天赐给我青春岁月中最棒的纪念品，也是促使我变得成熟的最大原因。请你原谅终究没能守住姐姐跟弟弟的游戏规则的我，当我对你说"我会让你过得比任何人都幸福"的时候，你流了泪。

唯一一次抱紧你非常纤细的身体，让我既爱又难忘，希望你能永远幸福。给姐姐的一封信。

一把伞下的两个人

永远爱你

凛音（27岁）

初次邂逅那一天，分手那一天，和你重逢的那一天，都下着雨。

因为你总是记得带伞，所以我们两个人并不曾共撑过一把伞，后来过了很久以后，我才发现那是因为我们各自走自己的路的关系。

你为了要让我自己走时也不会淋到雨，所以都会带两把伞。其实我现在也是自己走，而且常常低着头。

每次我撑开伞的时候，都会想如果当时我敢对你说"我们俩共用一把伞吧"这样的话，或许我们可以走到同一条路上去也说不定。

我没有带伞一直在等着你。

请你只带一把伞来接我，那样我们是不是就可以不用分开，然后走在同一条路上呢？那个时候是不是就算下雨，也不会让人觉得冷呢？

我希望往后都能跟你一起走。

稻泉绘里（29岁）

母亲大人

"谢谢您二十八年来给我满满的爱，将我养育成人。我们是一对老爱拌嘴的母女，不过其实我很喜欢妈妈。既然如此又为什么会这样呢？因为我就是盛气凌人，所以才老爱回嘴。抱歉，谁叫我是那个羞于表达自己的臭绘里。"

其实我原想在结婚那天对您说的，却不敢对您说，真的很抱歉。

谢谢您连有事没办法来参加结婚典礼的爸爸的角色都一起扮演，您真的太辛苦了，谢谢您。

自己有了孩子，开始会站在为人父母的角度看事情后，我越来越喜欢妈妈，觉得您是我的宝，我非常感谢您。

我嫁得这么远，没办法常见到您，在养育孩子的过程中，我常会想妈妈在我还小的时候，是不是也是相同的心情在照顾我的呢？是不是也是如此谨慎恐惧地养育我的呢？

"谢谢您，我爱您"说再多次都不足以表达我的心情，这是绘里我现在最真切的想法，真的很谢谢您。

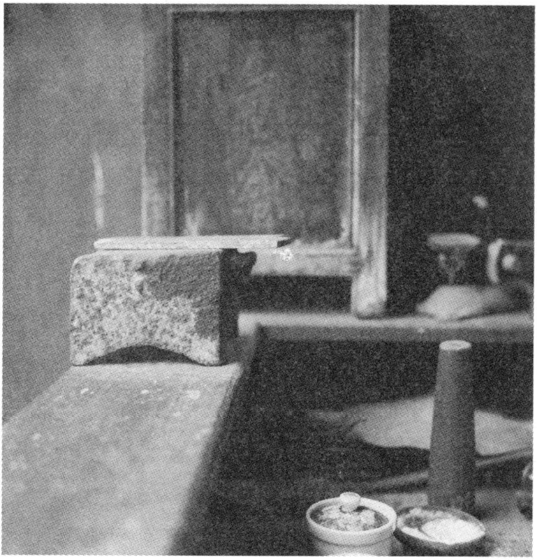

神崎弘（54岁）

我喜欢你

隐藏在我内心深处的温柔，
被你的温柔吸引，
你的坦率，让我面对你的时候，
也变得比较能够坦然面对一切。
在每一天的生活中，
你那些温柔的言语，
甚至透过三半规管，
渗透到我的血液中，
而且渗透得非常确实，
赋予我明天血液新的能量。
我对你毫无所求，
我只希望能分享你精神的光辉，
我会一直追求你眼中的光辉，
一生一次就够了，请打开我的心灵，
我喜欢你眼中的光辉，
你的努力就是我的努力。
当别人问我最喜欢什么的时候，
我一定会回答说我最喜欢你，
努力的你即便现在也是我志同道合的好伙伴。

林光阳（36岁）

要面对面对你表白太辛苦了，比起你思念我的程度，我对你的爱肯定大过你的很多很多。

孩子都已经生了两个，或许生活有点千篇一律，可是最近这种平凡的幸福，却让我觉得很满足。

虽然我们有时也会吵架，但我想吵架的次数比起其他夫妇应该算少的，加上家事都是你一肩挑，所以我真的很感谢你。

因为工作很累，假日几乎都在补觉，可是跟你一起度过的时光让我觉得非常快乐。

虽然我们身材的线条已经有些走样，头上也看得到白头发，可是累积的每一天，对我们而言却是最珍贵的东西。

就算你的胸部已经开始下垂，我还是希望一直跟你厮守下去。

因为害羞的关系，"我爱你"这句话，我实在说不出口。不过总归一句话，我就是希望一直一直跟你长相厮守下去。

吉冈美香（30岁）

今天是我们两人第五年的结婚纪念日。

婚前我们对婚后生活的规划是，结婚第二年生下第一个孩子！婚后第四年生下第二个小孩！我们要克服各种挑战，一家四口快乐迎接第五年的结婚纪念日。

我们原本以为老天一定会在我们婚后不久，就赐予我们小孩，所以我们原想马上生小孩的，可是其实没有那么简单就可以获得一个新的生命。

就算接下来的人生只有我们两个一起度过，我们也要感情好到让天上诸神都嫉妒，就算我们有时候吵架吵到把诸神们都吓坏了，我们也要一起共度人生。所以，今后也要继续爱我哦！

原亚衣子（27岁）

我在樱花盛开的季节邂逅了你。

邂逅当初，你染了一头金发，还戴耳环，根本不是我预期的交往对象。

外表虽然差劲极了，但是你津津有味吃冰激凌的样子，让人印象深刻。你的朋友都善于和女生周旋，总是被女生包围，唯独你一个人两眼低垂。

当时我没想到那是因为你很在意自己因为受伤而颤抖的手，之所以低头不语也是因为受伤让你对自己没了自信。当你向我告白说"我手会颤抖，就算这样你也愿意跟我交往吗"的时候，我的心像是要爆炸一般。

我对你说"你大可以不用把那件事放在心上"后，就没有再看过你的手颤抖。我们已经在一起度过多少时光了呢？你稳重到让我感到非常惊讶，跟刚开始给人的印象刚好完全相反。

我觉得自己很幸福，在我们交往的第五个春天，我发誓要和你共度一生，而到了即将迎接第六个春天的今年，天使诞生了，感谢上天让我与你相逢。

间间（47岁）

我们两人已经在一起多久了？我的白发越来越多了，握着你的手的手臂上也已经出现皱纹。

你总是笑容满面，我最喜欢你的笑脸，当我没有自信低下头去时，你总是默默地把脸靠过来，贴在我身上，说一些温柔的话语鼓励我。没想到你竟然不知不觉变得坚强不少，已经可以自力更生到外面的世界去工作，我可以帮得上你忙的事情也越来越少。

我才发现你好像已经变成世界上最棒的女人，而我则变成一个疲乏的男人，这让我觉得孤单，让我独自一人的时候总是会不禁叫你的名字。

觉得会听到你用可爱的声音小声地回我话，所以试着叫了你的名字，你温柔的手让我感受的温度，还有你温柔的双眸，是从背后推着我往前进的动力。光和你两个人在一起，就让我觉得很幸福，谢谢你，我很感谢你，我爱你。

猫咪（24岁）

姐姐完全继承了父亲顽固不服输的个性，
因为个性太相似，所以他们几乎每天冲突不断。
姐姐生气起来会口不择言地说"爸爸是这个世界上我最讨厌的人"，
父亲总是笑着说"最好是这样"，可是表情却像是很落寞。
去年八月二十三日姐姐的结婚典礼，
爸爸连着好几天睡前拼命练习致词到很晚，
像要隐藏排山倒海而来的紧张那样故作镇定。
当姐姐一袭白纱出现在新娘休息室的那瞬间，
爸爸的眼睛流下了许多眼泪，
当姐姐在教会中交换爱的誓言时，
爸爸呜咽地哭到肩膀都晃动起来。
我想姐姐也很清楚，
爸爸是多么珍惜地将她养育成人，
但没办法清楚表达心意的他们，
却在婚礼的眼泪中互相了解对方。
姐姐出嫁半年后，
爸爸变得更顽固地对我说"你绝对绝对还不要嫁人哦"。
因为姐姐出嫁而没了刺激的爸爸，
每个礼拜会打一次电话给姐姐，
刻意不表现他对姐姐的想念，像是很高兴跟生气的姐姐讲着电话。

爸常说"父亲会一辈子单恋女儿"，
其实姐姐还有我都很喜欢爸爸，
不能坦然面对我们之间关系的，
是爸的DNA。
真的，真的，
很感谢您，
谢谢您，爸爸。

田边子（37岁）

我永远忘不了那一件事，我女儿三岁的时候，国小五年级的你带她去附近的公园玩，然后几个小时后带着她回来了。

"阿姨，小M啊，跟我说要尿尿，我就带着她去找厕所，可是因为一直找不到，所以她就忍不住尿下去了，还有她也大便了，你不要生气。"

你拼命想替哭泣的女儿说好话。

打开一看，才发现我女儿有穿内裤，便问你："内裤呢？"

你竟然跟我说"我脱自己的内裤给她穿，我因为穿长裤所以没关系"，手上还紧握我女儿尿过的内裤。

还在念小学的你应该会觉得脏，你却帮我女儿洗内裤，然后拿回来，而且还怕我生气，替我女儿找尽借口，如今想来，把孩子交给你的我才应该觉得很抱歉。

你现在已经为人母，做着保姆的工作，不知道你还记不记得那件事。

我这一辈子都不会忘记你的温柔。

无学（45岁）

给跟我一起已经迈入第三年的有子的一封信

双薪家庭的我们，
你总是半夜才会回家，
可是早上却一定会起来帮我做便当，
午休时，
我都吃你亲手做的便当吃到很撑，
便当中满满的是你对我的"心意"，
让我觉得很感动，
谢谢你总是这样为我付出。

熊猫（25岁）

你我之间距离四百公里

想见面的时候没办法见，
想让你紧紧抱住我时，你无法紧紧抱住我，
希望你陪在我身边时，却总是要独自忍耐孤独，
透过视讯电话看到你的笑容，听到你温柔的声音，
总是让我觉得安心不少，见不到你的焦躁也平缓了下来，
四百公里非常远，我很想现在就到你那儿去，
你知道我内心真正的想法吗？
"虽然彼此在遥远的一端，不过我们的天空是连成一片的，
所以觉得寂寞时，只要仰望天空就可以了，
苍白的晴空、闪烁的星空，都可以把我们维系在一起。"
之后我常仰望天空，光线夺目的太阳、光线幽远的月亮，
都均匀地照在我们身上，
不知道你是不是也在遥远的那一端仰望天空？
这样想以后，好像所有的事情，我都能比较积极面对了。
我不会输给在遥远的那一方天空下努力的你，
我也要努力做自己该做的事。
为了要让我们下次见面的时候，我能够笑脸面对你。

萨摩子（52岁）

给我心爱的儿子的一封信

儿子写信来说，
"妈妈，不知道是不是因为想家，中秋节想回去看您。"
像是很不简单，
偶尔才能回家来的你，
尽管跟妈妈撒撒娇没关系，
那一定可以让你精神百倍地面对所有事物，
产生再努力下去的动力。
中秋节，妈妈会做一些家乡特有的菜，
在家等你回来。

母亲　上

武川文典（79岁）

老婆，谢谢你！

前年一起迎接我们的金婚纪念日，和儿子一家人举行盛大的祝宴活动，我之所以可以活到今天，多亏了一直支撑我到现在的老婆。

特别是退休后，我一直生病，住院六次、手术七次，其中还曾罹患让我几乎到生死关头的重病，我能活到今天，多亏有妻子你的照顾。

你是我相亲第十四次决定要相守一生的人，我们彼此一见钟情，双方的眼力都不是很好，所以我们五十多年来相互扶持、相互帮助，所以我想对你说，

"老婆啊，谢谢你！"

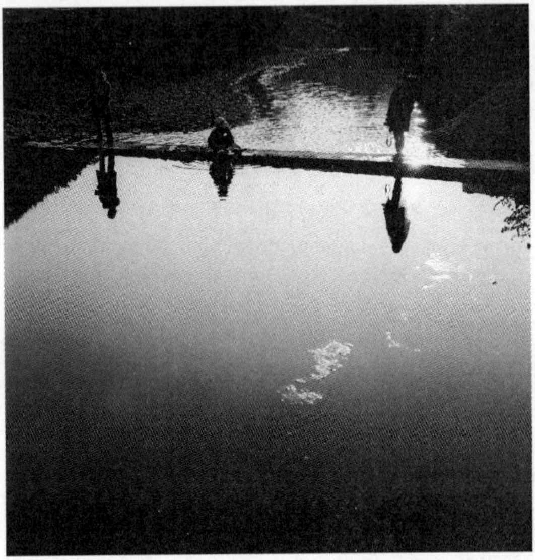

The mountain（25岁）

给我所爱的人的一封信

那个时候我刚拿到驾照，载你到外面去绕来绕去，
究竟是为什么？
是因为有你在，我才能开那么远吗？
也没有目的地，真是傻得可以……
眼睛看着外面的你，究竟都在想什么呢？
我没办法一直盯着你看，
只能一直紧握方向盘，所以没能盯着你看。
你还记得吗？我右转的时候对你说的话，
"你没办法以平常心坐在车上哦，看你一脸慌张的。"
哟嗬，
让我们这样一起生活下去吧。

近藤勇气（22岁）

给我爱的晓子的一封信

我真的不希望你走。
再过不了多久，我就要开始一小段没有你的人生，
不知道我有没有办法应付得来，
现在我觉得一切都很可怕。
一旦崭新的生活开始，人往往会忘了各种事，
新的邂逅，新的发现，让我不禁会怀疑，
担心你和我的关系会不会逐渐淡掉，
时间造成的差异，会让我们错过很多东西，让我不禁想，
会不会让我们连心都错过了呢？
虽然两年后你就会回来，
可是两年的时间也足以改变一个人很多，
所以我不禁想，自己当时决定让你去留学是不是对的。
你会回来对我说"我回来了"吗？
我只能相信你，耐心地等候你，
我喜欢你喜欢到心都要爆炸。
期待你回来，两年后再见咯！

任性的猫（33岁）

给学弟的一封信

　　总是一张睡脸来上班的你，一张臭着脸不高兴似的工作的你，因为年轻而顽固不服输，大概使你常受到周遭的人误解，但其实你是一个喜欢小孩子的很温柔的人，
　　我了解因为害羞所以总是不好意思地笑着的你。
　　虽然说是工读性质而已，但并不意味你完全没有考虑到未来，
　　不过或许是因为没办法照自己期望的方式生活，你显得很急躁。
　　没有父亲的你是一个顾家又好脾气的哥哥，不擅长跟别人撒娇或是依赖别人。
　　在这个由大人们主宰，烦杂又混沌的社会一角，
　　奋战不懈，想靠自己的力量打出一片天地的你，看起来让人觉得很不忍。
　　不喜欢受束缚，却被温柔所限无法动弹，
　　其实你可以活得轻松一些，
　　其实你可以活得再自由一些，
　　希望有朝一日可以看到你脱去刺猬般的外衣，露出灿烂的笑容。

那个时候你的身边一定会有很棒的老婆和可爱的孩子出现。

我会一直一直继续给你加油！

学长　上

Y.H（31岁）

"又胖又没人缘，要考上志愿的学校也无望，在社团活动人际关系又不佳，在家也老被家人拿来跟妹妹比，我真的活得很累，干脆明天喝安眠药自杀算了。"

我像是着了魔似的，竟然会赶潮流跟别人学"人间蒸发"。这个时候老师写信给我这个国中生。

"一旦你停止弹奏，这个世界的合奏曲就没办法成立，请你照老天爷给你的乐谱继续弹奏你负责的部分，即使失败也没有关系，可是绝不可以逃避，如果你不拼命活下去，乐团一定会有人觉得很困扰。"

过了很久之后，才听别人说老师离婚了，据说理由是你想成为一个作曲家，所以你不顾家庭，全心在弹钢琴上面，结果音乐赛输了，也没能成为作曲家。

可是我却觉得老师是一个大作曲家，你让我就"现在"这个配乐定位，然后我现在也奉行老师教我的生活方式，一直都在倾听美妙的、让人爱不释手的旋律。

海苔井（32岁）

"如果我们可以一起生活，一定可以过得很快乐。"
真是一句令人怦然心动的话，
出乎我的意料之外，是到目前为止让我最感动的一句话。
我十几岁就结婚，生下两个孩子，拼命地过生活，
可是当时和前夫的关系一直不融洽，让我觉得活着很累，
我苦恼哭泣，终究离了婚，然后在近十年后又再婚，
过去结过婚，有过孩子的事，我全都一五一十地对你说过，
可是如果孩子来看我，如果孩子对我说想和我一起住，
我愿意舍弃一切，跟他们住在一起。
没办法对任何人说我的这种想法，
尤其是没办法对你说，
我一个字都不敢对你说，没想到你却主动这样对我说，
真的很感人，很让人高兴，能遇到你这么好的人真是太棒了！
谢谢你，真的很感谢你，
以后我要依靠那样的你一起生活。

崎（25岁）

开朗却闲不住的妈，从我懂事以来，就开始她看护人员忙碌的工作生涯，即便工作再忙，她还是全心全意地爱我。现在我们两个人一起生活，我很习惯她在我身边，我要在这里对她说一些面对面不敢说的话。

经过那么多事后，我才发现自己和母亲一样，选择走上看护这条路，我还清楚地记得我第一次决定"以后要当一名看护"那天的情形。

当时我还是个小学生，您利用医院的午休时间出来接在学校发烧的我，后来我在妈妈上班的那间医院休息到妈妈下班为止，我一直盯着母亲穿着白褂的模样看，忽然，妈妈把护士帽戴在我头上。

我又高兴又欣喜，那个时候是我第一次想"长大后要跟妈妈一样做一名看护"，之后我就一直追随在母亲身后到现在。

母亲一直是我学习的对象，现在我的梦想是"当一个像妈妈那样的母亲"，我要对妈妈说一句话"我一直都很感谢很感谢您，我很爱您"。

高田浩史（32岁）

婚后我的身体马上恶化，没办法上班，有时候甚至会想死，那时你对我说：

"就算你什么事都没办法帮我做也没关系，我只要你陪在我身边就好。"

"我会努力工作，所以你只要去做你想做的事就好了。"

对未来感到绝望的我，因为你说的那一席话，得以振作起来。

"身体不好的时候更应该互相照顾。"

谢谢你总是这样对我说，其实我一直是你的负担，一直让你担心。

不管是工作或照顾小孩子，你总是全力以赴，对我而言，你说过的话、你的存在是老天爷赐给我最棒的宝物，不管我是什么状态，你都可以接纳我，有你真好。

"谢谢你跟这样的我结婚。"

有朝一日我身体好了，一定要对你说一些温柔的话语，我会努力耐心等候那一天来临，今后也请你多多指教。

✉ ....

日比子（26岁）

睡前看到旁边的那个枕头，我忍不住哭了出来。
一想到美穗不在，没有人在我旁边睡，在我旁边翻来覆去，
没有人可以说话，让我觉得很痛苦、很无奈，
所以一整晚都在想美穗。
我想她想到了有没有睡觉已经不是问题那般痴迷，
我就是喜欢她喜欢到无法自拔，不管我说再多遍都不足以形容。
美穗对我说"比第一次还温柔"，
可是其实是我学会珍惜她、爱她，才会变得温柔。
我常逗着她说"你怎么不甩了我，去找别人试试看"，
其实我压根儿也没想过会那样，我的身边肯定非美穗莫属。
我根本是不知所云，只希望美穗不要忘了，
我的心意从来没有改变过。

绪形莲（23岁）

给母亲的一封信……

您长期卧病在床至今已经多久了呢？
那天您对我说全身都很痛，后来经医院判定为重病时，
我不敢相信会发生这样的事，觉得很愕然。

然后持续住院又出院，
我们大家发誓要努力到您痊愈为止，
大家一起分担煮饭洗衣的工作，
六个孩子这才明白妈妈有多辛苦。

可是几个月后，妈妈突然这样跟我们说，
"算了，我真的已经很累了……"

那天晚上，我们全家都哭了，
妈妈究竟做过什么坏事，
要受这种折磨？
请您不要再说算了，
我们还需要妈妈，
我们会加油到您身体好转为止，

所以妈妈您也要加油，
您是我们最重要的妈妈……

然后如今已经痊愈的妈妈，
我更不敢对您表达我对您的心意了。

大石美奈（35岁）

给爸爸的一封信

去年情人节那天我不在家。

我到妇产科医院待产。

比预产期还要提早两周出生，巧克力还有毛衣都来不及完成，就匆忙住院。

可是爸爸一直摸着小宝贝通红的脸颊，像是很高兴的样子。

还对我说，

"怜花是今年情人节你送给我最棒的礼物。"

今年因为照顾小宝宝的关系，没办法帮你准备你最喜欢吃的白巧克力，不过我期待有一天可以和怜花一起做送爸爸的巧克力。

对怜花情有独钟的爸爸。

还有为了不让怜花把爸爸抢走，我可要小心才可以。

怜花的妈妈　敬上

山道胜美（40岁）

"同一张睡脸。"

周日午后，老公、长子、次子在客厅乱躺成一片睡着了。

对我而言是可以好好喘口气的星期天午后。

一起睡也没关系，不过今天我想盯着我最爱的老公的脸看。

你醒着的时候，我总是不敢在你面前大放厥词，我就是无可救药地爱上你可爱的模样，为什么呢?

这样的午后，是我最珍惜的时刻。

因为会发现我有多爱这几个男人。

谢谢你们，以后请各位多多指教。

荣治（41岁）

给老婆的一封信

"请跟我结婚"，这句话我竟然说不出口，
"喜欢"，这句话对我而言也很沉重，
我一开始就知道周遭的人会反对，
我们家本来就不可能受到欢迎，
所以我真的不敢对你说嫁给我吧，我最后一定会被迫放弃，
说什么喜欢你，那太不负责任了。
不知道你是不是等我这些求婚的话，等得有些不耐烦，
不知道你有没有怀疑过我的真心，
即便这样，我还是没敢对你说那句"跟我结婚吧"。
只敢对你说我们一起打这场硬仗吧，
就像身为听障者的你，一路走来，跟别人对你的不了解、
差别对待、偏见、挡在你面前的所有东西抗战一样。
你相信了我给你的承诺，决定跟我共度一生，
当时没敢跟你说的话，如今我将它化为文字，
"我喜欢你，请一直跟我在一起"。

刊后语

我没想到《寄不出的情书》一出版，就可以得到那么多人的共鸣，可是谁会为这些家庭主妇、普通的太太、高中生写的情书，而感动落泪呢？这也是我们希望侧面得知的。这个时代争论不休的话题已经从援交[①]，转变成丧家犬[②]跟耀门犬[③]的讨论，等到怀孕才要结婚的情侣越来越多，不过我觉得等到为人母以后，做了奶奶以后，才会觉得自己拼命喜欢一个人是多么棒的事。不是轻率的恋爱游戏，而是认真地去为对方想，经过深思熟虑后才认定是"喜欢"，或是决定要"分手"，这些话语都很简短，可是也是很沉重的话语，不是吗？

这一次我们在约三千封的情书中，严选其中一百四十三封，集结成册，里面一定可以看到一些潜藏在各位心底深处，一直想要说、却没说出来的话语，谨此跟协助本书制作的所有

---

① 援交：援助交往或援助交际，源于日本的名词，最初指少女为获得金钱而答应与男士约会，但不一定伴有性行为。而现今却成为学生卖春的代名词。
② 丧家犬：年过三十还没有小孩的单身女子。
③ 耀门犬：已经生下小孩的专职家庭主妇。

人员，还有期待这本书出版的读者们致以感谢之意，请慢慢用心看到最后一封信为止。

2005年7月

职业妇女株式会社董事代表　堤香苗

图书在版编目（CIP）数据

收不到的情书/日本《寄不出的情书》刊发委员会编；潘曼译.—北京：商务印书馆，2012

ISBN 978 - 7 - 100 - 08877 - 0

Ⅰ.①收… Ⅱ.①日… ②潘… Ⅲ.①书信集 — 日本 — 现代 Ⅳ.①I313.65

中国版本图书馆 CIP 数据核字（2012）第004401号

所有权利保留。
未经许可,不得以任何方式使用。

收 不 到 的 情 书

日本《寄不出的情书》刊发委员会 编

潘曼 译

商 务 印 书 馆 出 版
（北京王府井大街36号 邮政编码 100710）
商 务 印 书 馆 发 行
三河市祥达印装厂印刷
ISBN 978 - 7 - 100 - 08877 - 0

2013年4月第1版	开本 787×1092 1/32
2013年4月第1次印刷	印张 6½

定价：26.00元